時代小説

閻《えん》魔《ま》の刀

刀剣目利き　神楽坂咲花堂

井川香四郎

祥伝社文庫

目次

第一話　閻魔《えんま》の涙　5
第二話　彼岸桜《ひがんざくら》　81
第三話　陽炎《かげろう》の舞　159
第四話　おけら坂　237

第一話　閻魔《えんま》の涙

一

鬱蒼《うっそう》とした竹藪《たけやぶ》に包まれるようにある〝神楽坂閻魔堂《かぐらざかえんまどう》〟は、参拝する人もめったになく、ひっそり静まりかえっていた。

出先からの帰り、峰吉《みねきち》がぶらぶらと境内《けいだい》を横切ったときである。

ギギッと雉子《きじ》が鳴くような声がして、熊笹が激しく揺れた。

はっと振り返った峰吉の目に、雀《すずめ》が数羽、何かから逃げるように飛び去るのが見えた。

「いつ通っても気色《きしょく》悪いなあ……やっぱり、今度からは遠回りしてでも、あっちゃの路地から帰るのがええな」

峰吉が独《ひと》り言をつぶやきながら歩いていると、ぬるっとした地面に雪駄《せった》を取られて滑《すべ》り、どてんと尻から落ちた。

「あたたたッ。なんじゃ、もう！」

当たり散らすものもなく、しかたなく立ち上がろうとすると、今度は前のめりに倒れて、両掌を泥に突っ込んだ。この二、三日雨が降り続き、いましがた上がったばかりのためにぬかるんでいるのである。土と下草が混じり合って、歩きにくくなっていた。

泥だらけで立ち上がって、思わず手放した風呂敷包みを拾い上げたが、すっかり汚れてしまった。中身は文鎮や硯《すずり》が入っているが、大した代物《しろもの》ではないから、気にしていないが、

「こないにみっともない姿では、表通りに出られへんがな……」

深い溜息《ためいき》をついて、閻魔堂のお堂を見やると、いつもは閉じられている観音扉が開いており、奥の格子戸越しに、仏像のようなものが見える。微《かす》かに外から射し込んでいる光に、朱塗りの像がちらりと見えた。カッと目を見開いた閻魔の顔が浮かんだ。黒い冠《かんむり》に道服という格好で、丁度、峰吉を見下ろしているようである。

何も悪いことをしているわけでもないのに、背筋がぞくっとしたが、所詮は木像だ。しばらく見ていると愛嬌《あいきょう》のある顔にも感じられてきて、じっくりと眺める余裕ができた。

「……こりゃ、珍しいこともあるもんじゃ」

さすがは、『神楽坂咲花堂《さくはなどう》』の番頭である。刀剣や骨董《こっとう》のみならず、仏像やら書画にも惹《ひ》かれるのは、商売柄であろうか。いつもは金になるかどうかだけを考えて動く

のだが、今日は少しばかり違っていた。

閻魔堂の中には、名刀の誉れ高い〝天逆鉾《あまのさかほこ》〟が梁《はり》に掛けられていた。瀬戸内《せとうち》の大《おお》山祇神社《やまつみ》に奉納されているものと同じものだというが、その真偽は分からない。刀を氏子《うじこ》が神社などに奉納する慣習は古来からあるが、木刀であることが多い。木刀といっても剣術の稽古《けいこ》で使うものではない。柄《つか》と鞘《さや》を一本の木で作り、まるで本物のように漆塗《うるしぬ》りをして飾るものである。つまり抜けないし、切れない刀だ。

だが、峰吉は、あっと目を凝《こ》らした。飾られている刀の鞘がほんの一寸ばかりずれて、刀身が見えてギラリと光っていたからである。

――名刀は、ほんまもんやったのか……それにしても……。

わずかに刀身が見えるくらい、ずれているのも妙なことだと思ったとき、背後に気配を感じて振り返ると、真っ赤な番傘をさした浪人者が悄然《しょうぜん》と佇《たたず》んでいた。

「な、なんや……びっくりするがな……」

語りかけるともなく言葉にすると、浪人者は傘を手にしたまま、軽く会釈《えしゃく》してきた。雨が降っていないのに傘をさしたままなのは、顔を隠すためのようだった。剃刀《かみそり》のような目つきで、鼻筋が通っており、無精髭《ぶしょうひげ》がポツポツとあったが、青白くて精気がなかった。

峰吉は半歩下がって、泥だらけの着物を払おうとしたが、血糊《ちのり》のようにべたつくだけであった。苦笑いをしながら、

「そこで、滑ってしまいましてな」

と言う峰吉を、浪人者は黙ったままで、口元を歪《ゆが》めただけだった。

「もう雨、やんでまっせ？」

「…………」

「ああ。お参りに来たんどすか。珍しく閻魔様の御開帳や。閻魔様を拝むてのも、おかしな話でございますが」

長年住んでいた京には、建仁寺《けんにんじ》の近くに六道珍皇寺《ろくどうちんのうじ》という寺があって、その脇堂には閻魔大王像が祀《まつ》られている。この寺の奥には、〝冥土《めいど》通いの井戸〟があって、冥府《めいふ》と繋《つな》がっているという。

平安期の役人で歌人であった小野篁《おののたかむら》は、この井戸を通って、現世と冥府を行き来していたという。

その目的は、

——閻魔に命じられて、悪人の始末をする。

というものであった。

小野篁の父親は、嵯峨《さが》天皇の命で漢詩集の『凌雲集《りょううん》』を編纂した著名な学者であり、遣隋使《けんずいし》の小野妹子《いもこ》の子孫にあたる。官吏であり、歌人であり、武芸にも秀でていた小野篁は、今でいう裁判官や検事のような役職に就いていて、罪を犯した者を裁《さば》く立場にあった。

だが、いつの世も法の網をかいくぐって悪事を行う者はいるもので、証拠がないために罰せられもせず、のうのうと暮らしている。そのことに、小野篁は歯がみしていたが、法で裁けない上は、自分も鬼になって、非合法に裁くしかない。

そのために、〝冥土通いの井戸〟を通って、閻魔大王に会い、

「法で裁けぬ者は閻魔が裁く」

とのお墨付を受け、悪党を殺して閻魔のもとに送っていたのである。昼間は有能な官吏でありながら、夜は閻魔の使いとして、二つの顔を使い分けていたのだ。

この寺のあった鳥辺野《とりべの》あたりは、丁度葬送地だったから、そのような話がまことしやかに伝わっているが、今でも不思議なことに、閻魔大王に始末されたとしか思えないような事件は必ず起きる。

峰吉はその話を思い出して、さらに背筋が寒くなった。事実、ここ神楽坂閻魔堂にも小さな井戸があって、それは京の六道珍皇寺の井戸と繋がっているという風聞もあ

る。誰かが始末されたという噂《うわさ》は耳にしたことはないが、いつ通っても、閻魔堂の境内には不気味な風が流れているのは感じていた。

浪人者に異様さを感じた峰吉は、少しずつ後ずさりするように、道をあけた。が、浪人は近づく素振りはなく、

「今日の開帳に来たのは、おまえさん一人かい？」

と聞き取れないほどの低い嗄《しわが》れ声で問いかけてきた。

峰吉はどう答えてよいか分からなかったが、わざわざ開帳された閻魔を見に来たわけではない。ただ通りかかっただけだと伝えると、浪人者は、

「六道詣《まい》り」

そう軽く投げかけるように言った。合い言葉でも探っているような様子だった。峰吉は特段、考えもなしに、

「六道詣りといえば、迎え鐘やな」

と口に出した。途端、浪人者はふいに傘を傾けて、峰吉に歩み寄ってきた。総髪の浪人者は一見したよりも、屈強な体つきで、傘を傾けた手の指はゴツゴツと岩のようだった。思わず身を引いた峰吉に、

「して、閻魔様の狙《ねら》いは」

「閻魔様の狙い?」

「あなたが閻魔様の使いではないのですかな?」

「わてが……?」

峰吉は俄《にわか》に吹き出すように笑って、

「どこをどう見ても、そんな恐ろしいもんには見えまへんやろ」

「……………」

「閻魔様なら、ほら、この中におる。じっくり見て拝んだらよろしい」

そう言うと峰吉は、さらに後ずさりして、逃げるように、その場から立ち去ろうとした。足下はぬかるんでいるから、用心しながら、ゆっくりと離れたが、しつこく浪人の視線が絡《から》んでくる。一瞬でも隙《すき》を見せれば、すぐさま斬りかかってきそうな鋭い眼光である。よく見ると、右目の下から耳にかけて、古い刀傷がある。見ようによっては、ぞっとするほど恐ろしい。

峰吉は口の中で、ひっと声を殺して、がに股で境内から逃げ出した。参道の出口まで来て、振り返ると本堂の前にいた浪人の姿はすでになくなっていた。

「な、なんや……あいつ……頭、おかしいんとちゃうか」

近頃は、春の陽気で妙な輩《やから》がうろついているから、気をつけなければならんと思っていたばかりだ。泥だらけの着物のことなんか忘れたように、峰吉は『咲花堂』に急いで帰った。

二

その翌日、鬱陶《うっとう》しい雨が止み、空は嘘《うそ》のように晴れ上がり、桜の花がパッと一挙に開いた。春風に揺れる花びらが爽《さわ》やかで、匂《にお》い立つようであった。

ここ『神楽坂咲花堂』の店主、上条綸太郎《かみじょうりんたろう》も背筋を伸ばしながら、店先から外堀の方を見やって、「やはり花は桜や」と独《ひと》りごちていた。

陽光がさんざめいているときに、薄暗い室内で、骨董の鑑定もないやろと、芸者の桃路《ももじ》や幇間《ほうかん》の玉八《たまはち》を伴って、飛鳥山《あすかやま》にでも花見に出かけようと思った矢先、北町奉行所定町廻り同心の内海弦三郎《うつみげんざぶろう》がひょっこりと訪ねてきた。もう何度も事件絡《がら》みで顔をつきあわせているが、正直言って、いまだにあまり好きになれない相手である。三十半ばの中堅どころの同心だが、仕事柄、常に人を値踏みするような目つきをしている。そこが苦手なのかもしれぬ。

「今日は折り入って頼みがあってきた」

「ああ……今から花見に行きますねん。旦那《だんな》も一緒にどうですか？」

来るはずがないと思いながら、綸太郎が誘うと、相手も心得ていて、

「心にもないことを言うではない。どうせ俺は行かぬがな……それより、若旦那」

「若旦那？　なんや気色《きしょく》悪いなあ、そんな呼び方されては」

何か〝下心〟があるときに愛想をふりまくのが、内海の癖《くせ》だということは百も承知だが、此度《こたび》は少々、気味が悪かった。揉《も》み手でもするかのように腰を低くして、

「京は松原通東洞院《まつばらどおりひがしのとういん》、天下の骨董商『咲花堂』の若旦那じゃありませんか。しかも、上条家といや、幕府刀剣目利き所の本阿弥《ほんあみ》家の分家筋にあたる御家柄。若様と申し上げてもよいくらいでございます」

「ますます気色悪い。冗談はええから、用件をお聞きしまひょ」

と綸太郎がつい言ってしまってから、アッと口を塞《ふさ》いだ。

「今、おっしゃいましたね。用件をお聞きしましょうって」

これが手だったのだ。大概のことは面倒臭いから断っていたのだが、生来の鷹揚《おうよう》な性格《たち》に加えて、お人好しな綸太郎は、断り下手《べた》で、つい難儀を背負うことがある。お節介なのかもしれないが、

――ああ、若旦那……また、やってもた。

という顔で睨《にら》んでいる峰吉を横目に、綸太郎が言い訳をしようとする前に、内海は素早く訪ねてきた訳を滔々《とうとう》と話しはじめた。

あれこれと言葉を形容したり、曖昧《あいまい》に濁したりしていたが、とどのつまりは、ある刀を鑑定して貰《もら》いたいというのだ。

「ある刀、というのは?」

綸太郎の目の奥がキラリと燦《きら》めくと、内海はにんまりと頬を歪《ゆが》めて、

「やはり、刀と聞いては、疼《うず》くものがあるのだな。前に若旦那が言っていた、探し物かもしれないしな」

上条家が徳川家に奪われた、刀剣、茶器、掛け軸の〝三種の神器〟のことを言っているのであろうが、綸太郎は不思議に思った。このことは番頭の峰吉にも語っていないからだ。あるいは、何かの事件の折にでも、その素振《そぶ》りを見せたのかもしれぬ。綸太郎は己《おのれ》の言葉を、注意深く噛《か》むように、

「俺の探し物とは何のことか知らんが……刀剣の鑑定なら引き受けてもよろしい。どういう刀で、何処《どこ》にありますのや」

「まあ、そう先走ることもあるまい。まずは、奉行所までご足労《そくろう》願えぬか」

丁寧《ていねい》なのかぞんざいなのか分からない内海の態度に、綸太郎は苛立《いらだ》ちすら感じた

が、次の言葉で、全身を駆け抜けるような痺《しび》れが走った。

「天逆鉾を見て貰いたい……知ってるとは思うが、神楽坂坂上の〝閻魔堂〟に奉納されていた守り刀だ」

「あまの、さかほこ……」

「実は、その刀によって、作事《さくじ》奉行の落合主水介《おちあいもんどのすけ》様が、何者かによって殺されたのだ」

「その刀によって……？　しかし、〝閻魔堂〟の天逆鉾は、木刀を奉納していると聞いてます。まあ、立派な神社には、本物が長く残されていることはありますが、〝閻魔堂〟は、わずか三十年程前に建てられたものだと聞いてます。ほんまもんの天逆鉾があるわけが……」

「だから、鑑定してもらいたいのだ」

木刀を見ても仕方がないと断ろうとしたが、峰吉が奇妙な声を発して、鑑定をしてみた方がよいと言い出した。先日、〝閻魔堂〟が開帳されていたときに見た刀は木刀ではなく、きちんと刀身があったというのだ。

「ほんまでっせ、若旦那。この目で、ちゃんと見ましたさかい」

「刀身が、な……」

「アッ！」

とまた峰吉が素《す》っ頓狂《とんきよう》な声を出したので、内海の方が驚いて、

「なんだ。脅《おど》かすな」

「そういや。その時、妙な浪人者がおりましてな……若旦那には話しましたでしょ？」

赤い番傘をさした総髪に無精髭の浪人が、峰吉のことを閻魔の使いと間違えたことを改めて話した。

すると、内海は興味深げに、浪人の顔や姿、着物や立ち居振る舞いなどを訊《き》いてきた。

峰吉は、目の下から耳にかけての刀傷などを話したが、着物の色や柄などは覚えていなかった。

内海は腑《ふ》に落ちるものがあったのか、

「そうか……閻魔の使いのおでましか……」

と唸《うな》るように呟《つぶや》いてから、綸太郎に向き直って、尚更《なおさら》、鑑定して貰わなければ困ると、何度も頭を下げた。

すぐさま呉服橋《ごふくばし》御門内の北町奉行所に出向いた綸太郎は、表門を入ってすぐ右手に

ある同心詰所ではなく、玄関から奥に通され、詮議所《せんぎ》まで案内された。

そこには吟味《ぎんみ》方与力の磯部貢之丞《いそべこうのじょう》も来ており、老練な顔つきで綸太郎を一瞥《いちべつ》して、顎《あご》を引くように挨拶をすると、

「早速ですが……」

と丁寧な口調で、錦繡《きんしゅう》を被せて、刀掛けに置いてあった天逆鉾を見せた。珍しい直刀《ちょくとう》である。刀の切っ先には、血を拭《ぬぐ》った痕跡があり、脂《あぶら》でくすんでいた。

「これが、作事奉行落合様を殺した凶器だというのですか？」

「さよう」

磯部は物静かな声で頷《うなず》き、傍《かたわ》らに座っている内海も同意した。落合が殺されたのは、昨夜、遅くのこと。夜釣りに出かけた船頭が、深川海辺大工町《ふかがわうみべだいくちょう》近くの浜で、刺し殺されていた落合を見つけたのだ。

駆けつけたのは内海と岡っ引の権六《ごんろく》で、その時、胸に刺さっていた天逆鉾を抜き取り、保管していたのだ。

「なるほど。ならば間違いないでしょうが、どうして、これが〝閻魔堂〟のものだと分かったのどす」

「こんな珍しい刀はめったにあるまい。探索しておったら、〝閻魔堂〟の住職……と

いっても、あそこは神楽坂下の天願寺《てんがんじ》の支院だから、天願寺の住職、龍海和尚《りゅうかいおしょう》が、奉納刀がないことに気づいたのだ」

「しかし、さっきも内海さんに言いましたが、〃閻魔堂〃のは木刀のはず……」

「いや、それが違うのだ」

「どういうことです」

「これは龍海和尚の話だが、普段は木刀を掛けてるのだが、開帳の折だけは、本物を飾っているというのだ」

「開帳の折だけは……ですが、〃閻魔堂〃の開帳は特に決まった日はありまへん。もっとも、閻魔大王を祀《まつ》った所なんぞ、あまり参る人もおらないようですが。京の六道珍皇寺も盂蘭盆会《うらぼんえ》の時のほかは、閑散としたもんどっせ」

「だがね、若旦那……」

と内海は訪ねて来たときとはまったく違う、神妙な表情で静かに言った。

「〃閻魔堂〃が開帳してるということは……殺しが起こる、ということでもあるんだ。この話、聞いたことくらいあるだろう」

「いいえ？」

「閻魔様が、冥土の井戸を通じて使いを出して、御定法《ごじょうほう》では裁《さば》けぬ極悪人を、ぶった斬るという、あれだよ」

「伝承としては面白いが、事実となれば、眉唾《まゆつば》ものですな」

「話は眉唾かもしれぬが、その話に乗じて、悪人を始末しているとなると……ただの噂話では済まされぬと思うが、どうかな？」

「え？」

綸太郎が怪訝《けげん》そうに与力と同心を見やると、二人とも含み笑いをして、お互いに目顔で頷きあった。

内海が控えの間から、一冊の綴《つづ》り本を持ってきた。少し薄汚れているが、これは内海がつけている言上帳《ごんじょうちょう》で、奉行に差し出すものである。これには事件の捕物についても記されており、もちろんお白洲《しらす》の証拠としても使われる。

「内緒のものだが、特別に見せよう」

開いた項目には、数人の名が記されてあった。その中に、作事奉行の落合主水介の文字を見つけて、

「これは……？」

と綸太郎が首を傾げると、磯部は淡々と続けた。

「この者たちの名は、先月、殺された深川の材木問屋『日向屋《ひゅうがや》』の主人、惣兵衛《そうべえ》の日

誌に書き記されていたものなのだ」

「殺された……」

「知らぬのか」

「とんと浮き世のことには気が向かなくて」

「ならば、教えてやる」

と内海は鋭く目を細めた。

「ここに記されている五人の者の中から、既に三人が殺されている。日記を書いた当人の日向屋惣兵衛。その妾《めかけ》である喜代《きよ》という芸者上がりの女……そして、昨夜見つかった作事奉行の落合主水介様だ」

「………」

「しかも、この刀でだ……ああ、閻魔堂の守り刀でだ」

「ふむ……まさに〝閻魔帳〟どすな」

綸太郎は洒落《しやれ》を言ったつもりではないが、磯部と内海の顔は厳しくなって、

「おまえとも関わりのある『日本橋《にほんばし》利休庵《りきゆうあん》』清右衛門《せいえもん》の名もあるし、見てのとおり……若年寄、小坂肥前守元康《こさかひぜんのかみもとやす》様の御名前まである」

「小坂肥前守？　あの金の亡者という噂の……」

「ああ。『日本橋利休庵』と、どっこいどっこいかな」

と内海は苦笑いをした。

『日本橋利休庵』とは綸太郎と同業者であり、小坂肥前守は幕府刀剣目利き所の本阿弥家を担当しているから、まったく知らぬ仲ではない。綸太郎も見知っていたが、この二人が殺されていないことは承知している。磯部と内海は、前の三人に引き続いて、この二人も殺されるのではないかという懸念《けねん》を抱いているのだ。しかも、目の前にある〝閻魔堂〟ゆかりの天逆鉾によって、仕留められると考えているのである。目の前にある刀で殺されると思う方がどうかしていると綸太郎は思った。この二人こそ、何かに取り憑《つ》かれているのではないかと勘ぐったほどだ。

「それより、この五人に何か繋《つな》がりがあるのですか?」

「そこを調べておるのだ」

と磯部が身を乗り出すように言った。

「今のところ、特に繋がりはない。小坂肥前守はもっぱら林大学頭《はやしだいがくのかみ》や奥儒者《じゆしや》、奥絵師など学問や書画を差配しており、普請《ふしん》だの作事だのとは縁がない。その経歴もない。『日向屋』は材木問屋だが、落合様と昵懇《じつこん》という噂もなければ取り引きもない。『利休庵』清右衛門は幕閣や諸大名の屋敷に出入りはしているが、ことさら小坂様との繋がりはない……ないない尽くしなのだ」

「ならば、いっそのこと、刀剣のことなら、私でなくても、ここに記されている『利休庵』に鑑定を頼んでみればよいのではありまへんか？」

「いや……」

磯部は声をひそめて首を横に振り、

「儂《わし》はこやつが怪しいと思うからこそ、あえて上条殿、そなたに頼みたいのだ」

「怪しい？」

「この五人の中で、最も謎めいている人間……とでも言えようか」

そんな大袈裟《おおげさ》なものではないと綸太郎は否定した。『利休庵』清右衛門は長年、京の『咲花堂』の番頭として、綸太郎の父親・雅泉《がせん》に仕えていた者である。刀剣や骨董を己の出世の道具と考えており、名誉や富のためなら汚いことを平気でする気質の持ち主ではあるが、素性は知れている人間である。

「殺しまでやる奴とは思えまへんが？」

「そういう意味ではない」

「では、どういう……」

「町方でも篤《とく》と調べたのだが、清右衛門の生まれや育ちが、一体、何処の誰かがはっきりせぬのだ。上条さん、あんたなら、知っているかと思ってな」

「そういや、よう知らんといや知らぬ。峰吉の方が分かってるかもしれんから、そんなことなら、後で調べてみますが……まさか、此度の一件に関わっているとでも？」

「疑いがあるということだ。まあ、それは後にして、この刀だ……」

と磯部は刀を丁寧に差しだして、

「本当に閻魔が遣《つか》わして殺すような妖刀であるのかどうか、きちんと鑑定して貰いたい。そして、持ち主をはっきりと割り出して貰えば助かるのだが」

「へえ……そういうことなら、預からせて貰いまひょ」

綸太郎が手にすると、妙な重みがあった。ふつうの刀剣よりもずっしりと貫目があり、まさに妖刀に相応《ふさわ》しい〝成り〟はしていたが、

──何かが違う。

と瞬時にして感じていた。本物とか偽物という区分けではない。同じ器に入れながらも、水が入っているか油が入っているかの違いと言えようか。綸太郎は少しだけ鞘に息を吹きかけるように唇を尖《とが》らせると、

「なるほどな……そういうことか……」

と呟いて、一旦、預かって帰ると申し出た。刀剣目利きは、本阿弥家に伝承される

匠《たくみ》の技がそうであるように、上条家でもまた、研礪浄拭《けんれいじょうじょく》、目利きという、人前ではできぬ〝一子相伝〟の方法があるからだ。

「ここではできまへんな」

綸太郎のこだわりに、磯部は妖刀を奉行所から持ち出すことを少しためらったが、内海が同行することを条件に許諾した。

三

その夜、『咲花堂』の二階で、内海を隣室に控えさせ、刀剣を鑑定した結果、

——見事なまでの偽物だ。

と綸太郎は断じた。ただし、天逆鉾ではないが、〝奈良刀《ならがたな》〟として見るならば、よくできた本物であった。

奈良刀とは江戸時代にあっては、粗悪な刀を意味していたが、決してそうではない。

従来、大和国《やまと》の名刀鍛冶《かじ》・天国《あまくに》が作ったものを指す。天国は人の名だが、工房の名となって広まり、東大寺《とうだいじ》の子院の千手院《せんじゆいん》鍛冶をはじめとする、手掻《てがい》、尻懸《しっかけ》、保昌《ほうしょう》、

當麻《たいま》などの流派が生まれて、大和五派となった。平城京の時代から平安京を経て、鎌倉《かまくら》、南北朝時代と、天国を引き継ぐ名工が作り続けた直刀であることは間違いない。直刀といっても、太刀《たち》のようにわずかに反りがあり、刀身の三分の二ほどは両刃である。

「天国という銘しか入っておりませんが、〝天国閻魔〟とでも呼んでおきまひょか」

と綸太郎は刀を差し出した。

内海はまるで自分が将軍から刀を賜《たまわ》ったかのように拝受すると、そのまま北町奉行所まで持ち帰っていった。が、綸太郎は全身から力が抜けたように、だるくなった。わずか一刻ほどの間だが、神経を磨り減らす目利き作業に、体も心もぼろぼろになることなど、傍《はた》から見ている者には分かるまい。このような時には、

――うまいもので、酒に酔いたくなる。

のが常だった。殊《こと》に、奈良刀のような珍しい直刀を見たときには、千年のいにしえより伝わる魂すら感じる。作った者、それを使った者たちの無念や怨念、逆に喜びや慈《いつく》しみなどが溢《あふ》れているからだ。それが妖気となって、靄《もや》のように広がり、見る者をして疲弊《ひへい》させるのであろう。それが、妖刀と呼ばれる所以《ゆえん》かもしれない。

「そんなもの……俺たちには何も感じねえよ。きっと、綸太郎の旦那だからこそ分か

るんじゃねえかい？　霊感があって、幽霊が見える奴がいるようによ」

と幇間の玉八が、三味線の弦の調子を合わせている桃路を振り返った。

ここは神楽坂坂下の外堀左岸にある『かめ屋』という〝さくら鍋〟の店である。二階座敷といっても、八人も入れば窮屈なこぢんまりとした所だが、珍しく馬肉を食わせる。おおっぴらにできないが、食通がこっそりと通うから間口も狭い。桃路は、黒羽織の芸者姿のままで、お座敷帰りに、まさに隠れるように立ち寄ってくれたのである。

「桜の花見が、さくら鍋になってしもうたが、上方《かみがた》ではめったに食べんから、なかなかたまらんわいなあ」

と桃路はふざけた口調で言いながら、灘《なだ》からの下《くだ》り酒を綸太郎にしなやかな手つきで注《つ》いだ。しばらくは、四方山《よもやま》話をしながら、仄《ほの》かな甘みが広がる肉を楽しんでいたが、

「それにしても、旦那……〝閻魔堂〟の刀で殺された人たちって、どんな悪さをしてたんでしょうねえ。閻魔様のお怒りに触れるってことは、よほどの悪いことでしょ？」

桃路は半《なか》ば、面白いことでも期待したような顔で、テン、トテ、シャンと弦をバチで叩くように弾いた。

〽桜見よとて名をつけて、まず朝桜夕桜、よい夜桜は間夫の昼じゃとえ、エエどうなと首尾して逢わしゃんせ……。

端唄《はうた》をくちずさみながら、まだお座敷の酒が残っているのであろうか、ほっこりと赤らんだ頬の流し目で、さくら鍋は花よりおいしいわいなあと洒落句《しゃれ》を継いでから、

「よほどの悪いことをしたんでしょうねえ」

「さあな。それにしても、あの刀が……妖刀のように、人を斬るなんてことは、ありえない。必ず誰かが手を下してるに違いないのや」

「だけど綸太郎さん。世の中には色々と説明のつかないことがあります。私たちだって、それこそ自分のいない世に迷いこんだり、いにしえの恋人と再会したり、絵の中の人と会ったりしたじゃないですか」

「たしかに世間には分からんことは仰山《ぎょうさん》あるやろ。しかし、殺しとなればまた別や」

「殺しは別……」

「ああ。人の心にはどこかに隙がある。たとえば自分が最も畏《おそ》れているものには、ころりと騙《だま》されたり、攪乱《かくらん》されたりする。その小さな隙間にグサリと刺されたら……何か得体《えたい》のしれないものにやられたと錯覚するものや」

「でも、こんなことを聞いたことがあります」

桃路は三味線を伴奏のように鳴らして、

「ある頭のおかしな人が、通りがかりの人をたまさか刺し殺した。お互い顔も知らない、本当に偶然、その時、その場で鉢合わせになっただけ。でも、よくよく調べてみると、刺された方の先祖が、刺した方の先祖に酷《ひど》い仕打ちをしていた……という話」

「そんな話なら幾《いく》らでもある。だが、それとはまた違うぞ、桃路……刀が勝手に動いて、特定の誰かを、狙いすまして殺すとはあり得まい」

「さあ。旦那って、刀や骨董を扱っている割には、案外、身も蓋《ふた》もないことを言うのですねえ。つまらんわいなあ。テテン」

綸太郎は気の遠くなるほどの歳月を経て巡り会えた相手なのだ。千年前に別れた恋人同士が、この世で再会したと思っている桃路は、今生《こんじよう》で添い遂げたいとさえ、心の奥では思っていた。

だが、綸太郎は江戸住まいとはいえ、いずれ京に帰らなければならない。『咲花堂』の店主、そして上条家の当主として、刀剣目利きの家柄を継がなければならないからである。

かつて、一度だけ、桃路は京まで追いかけるように訪ねたことがあるが、元舞妓の菊乃《きくの》という娘が綸太郎のことを待っていた。綸太郎は関わりないと言っている。

しかし、菊乃の方は本気で、嫁になる気満々だ。綸太郎の父親・上条雅泉は、春《しゅん》菊《ぎく》という名で座敷に出ていた舞妓のことをあまり快《こころよ》く思っていないようだが、関東者の桃路の方はもっと嫌いだった。だから、上条家に嫁として入ることは、決してあり得ないのである。

嫁が無理なら、せめて〝囲い女《め》〟でもよいから、綸太郎の側にいたいという思いはあった。が、もちろん口に出して話したりはしていない。心の奥に秘めているだけのことである。

「若旦那……？」

夜風が舞い込む窓辺に移って、ぼんやりと裏の竹藪を眺めていた綸太郎に、桃路は声をかけた。何か突きつめて考えはじめると、いつも涼やかな目になる。だが、物思いに耽《ふけ》るというよりは、常に頭の中をくるくると回している様子である。

「なるほどな……そうかもしれぬな」

と独り言を洩らした綸太郎を、桃路はじっと見つめて、

「やはり若旦那は、女のことよりも、刀のことの方が気になるんだねえ」

「え？」

「私たちを呼んで、一緒に鍋でもつつこうって誘ってくれても、いつもそう。心ここ

にあらずなんだからね」

「そうかな」

「ええ。なんだか知らないけど、人を殺したというその刀にまで妬《や》きたくなる」

「刀が人を殺したんじゃない。人が刀を使って殺したのや」

真顔で答える綸太郎に、曖昧《あいまい》に笑みを返してから、

「玉八。ちょいとその辺りで飲み直そう」

と桃路が立ち上がって、窓の外を見やると、盆のような丸い月が浮かんでいた。

「なにをふてくされてるのや、桃路」

「別にふてくされてなんかいませんよ。若旦那は同心でも岡っ引でもないのに、時々、そうして事件に首を突っ込もうとする。ただのお節介ではなくて、まるで……」

「まるでなんや」

「その名刀とやらを一生懸命に庇《かば》ってでもいるようにみえます」

桃路はそう断じてから、きっぱりと、

「私は刀が人を殺してると思います。なぜならば、刀は人を殺す道具。地肌がどうの、刃文がどうの、姿形がどうのと、旦那はよく言ってるけど、所詮は人殺しの道具

じゃないですか。そんなものがあるから、人が人を殺すんです」

「いや、それは違う……」

「いいえ。若旦那の講釈はたくさんです。匠《たくみ》の技だの美しさだの、人の魂がどうのという話も結構です。刀に魂があるとするなら、人を斬る。つまりは殺すという魂だけでしょうね。だったら、そんな魂を吸い寄せるものを作らず、捨ててしまえば世の中、平穏無事なのではありませんか」

「…………」

「若旦那……私は女の身だから、そう思うのかもしれませんが、はっきり言って、刀には何の思いもありません。旦那は、刀と心中でもしたらいいんじゃありませんか。それでは」

と言いたいことだけを吐き出すと、玉八を一緒に連れ出した。去り際、玉八は困惑したように綸太郎に目配《めくば》せをした。それでも、綸太郎は桃路の心の裡《うち》など分かる様子もなく、

「何を怒ってるのや……ほんま女というのは難儀なものや。勘弁してくれ」

そう呟いて、輝く満月を見上げた。いや少しだけ欠けている。

「そういや、いつぞや桃路が言うてたな……人はまん丸やのうて、どっか欠けてるも

のや。その欠けたところを探すのが人生で、埋めあうのが男と女やと……」

綸太郎が手酌で銚子《ちょうし》を傾けると、空っぽだった。

「欠けたところを……か」

溜息混じりに繰り返すと、春風がするりと通り抜けたような気がした。

四

北町奉行所から、殺しの凶器となった奈良刀の〝天国閻魔〟が消えたのは、その翌日のことだった。奉行所内、同心詰所奥にある土蔵に保管していたものが、なくなっていたのだ。

土蔵といっても、屋敷内にあるもので錠前も二重にかかっているから、番人がいるわけではない。奉行所内には表の役所と裏の役宅をあわせて、米倉も含め十二カ所の土蔵がある。さらに物置が点在しているが、同心詰所奥の土蔵には、捕物や吟味下調べの証拠品や書類から、遺失物、ふだんは使わない武具なども分類されて置かれていた。

磯部はかんかんになって内海を叱《しか》りつけたが、綸太郎に鑑定を受けた後、たしかに持ち帰って土蔵に仕舞ったのだ。そのことは当番方の同心も一緒だったので間違いはない。

「てことは、ゆうべのうちに何者かが盗み出した、ということか」

内海はすぐさま小者や岡っ引の権六らを集めて、消えた刀を探しはじめたが、どこをどう調べても、まさに消えたとしか思えない。行方はまったく分からなかった。ゆえに、奉行所内でも、

「やはり閻魔様の刀に違いあるまい」

「またぞろ殺しが起こるぞ」

「だとすれば、〝閻魔帳〟に書かれた人を守らねばなるまいな」

などという言葉が当然のように飛び交っていた。

内海はすぐさま、北町奉行を通して、若年寄の小坂肥前守に対して身辺の警護を強くすることを提案した。が、内海のような町方同心が、その後、どう対処したかを知る由はなかった。

今一人、日向屋惣兵衛が残した〝閻魔帳〟に記されていた『日本橋利休庵』を訪ねた内海は、主人の清右衛門に事実を伝えて、身の回りに気配りするように話した。だが、清右衛門は、自分は他人様《ひと》に命を狙われる覚えはないという。

「他人様ではない。閻魔様から狙われておるのだ」

と内海が心配顔で言うと、清右衛門は小馬鹿にしたように笑って、

「何のことです。町奉行の旦那なのに、あまり面白い洒落ではございませんな」

「大切な証拠品ゆえ、俺の手元にはないが、深川の材木問屋『日向屋』が残した帳面には、たしかにおまえの名もあったのだ。他の者はみな、〝天国閻魔〟に殺された」

「天国閻魔……」

「ああ。その閻魔が遣わした刀が、おまえたちの命を狙っていたというわけだ」

「ま、待って下さいまし……」

清右衛門の横柄な態度は商人らしからぬと、誰もが思っていたが、なぜか負い目があるような表情に豹変《ひょうへん》し、

――何かある。

と内海は直感した。それが一体、どういうことなのかは、今後の探索次第だが、後ろめたいものがある顔つきだった。もっとも、骨董屋などというものは、多少は騙《かた》りに似た面もある。中でも、清右衛門は幕閣や大名に取り入って、権威付けを欲しがる類《たぐい》の人間だから、まっとうな商人とは言い難い。

「本来、値のないものに値打ちをつけるのが、私の務め。いわば神様みたいなもの

や」

と言って憚《はばか》らないから、奉行所内では曲者《くせもの》と呼ばれる内海でも、清右衛門はどうも苦手であった。

「まこと、覚えがないのか？」

日向屋が残した帳面に書かれていた他の者の名も明かしたが、作事奉行の落合主水介はもとより、日向屋惣兵衛もその妾の喜代のことも、清右衛門は知らないという。

「知らない……まったく会ったこともないというのか？」

「へえ。ありません」

「しかし、今述べた者たちは、〝神楽坂閻魔堂〟が開帳している間に、天国という守り刀によって殺されたのはたしか……まあ聞け、清右衛門……何者かがその刀を利用して殺したのは間違いないだろうが、日向屋が書き残した者たちだけが死んでいるのは、どう考えても解《げ》せぬ」

「それは私が言いたいですよ」

「何でもよいのだ。どんな小さなことでもよいから、思い出せぬか……おまえと日向屋や作事奉行の落合様との関わりを……」

「いいえ。とんと……」

清右衛門はまったく否定して首を振ったが、天国の名を聞いてから、明らかに沈鬱《ちんうつ》な表情になっている。どこか一カ所でも楔《くさび》を抜けば、がらがらと崩れそうな様子だった。

そこへ、ぶらりと綸太郎が訪ねてきた。小さな風呂敷包みを手にして、大切そうに抱えている。

「これは内海の旦那。えらいことが起こりましたな」

心配そうな顔で、綸太郎は内海に声をかけたが、清右衛門の方が帳場から立ち上がると、ずらりと並んでいる茶器や壺、掛け軸などの間を縫《ぬ》うように抜け出て来て、

「若旦那……よう来てくれた。ささ、上がっておくれやす」

と、わざとらしい京言葉で語りかけた。

元は『咲花堂』本家の番頭である。いわば、綸太郎の使用人も同然だったが、江戸に来てからは、何か事があるたびに辛酸を舐《な》めさせられていた。しかし、今度のことでは、自分でも釈然としないところがあるのであろう。藁《わら》をも摑《つか》む思いで、綸太郎に縋《すが》りつくのであった。

「どないしはったんどす」

綸太郎の方もあえて素知らぬ顔で問いかけた。日向屋の残した帳面は、あくまでも

内緒で見せて貰ったものだからである。

「なあ、若旦那。私が閻魔様にお叱りを受けるような人間かどうか、綸太郎さんが一番よう分かってくらはってますな」

「ああ。よう分かってる。おまえなら、その舌を抜かれてもしゃあないやろ」

「こら、きついことを……」

と清右衛門は冗談ばっかりと付け加えてから、

「あ、そや、綸太郎さん。前々から、一度、聞いてみようと思うてたのやが、この儀式用の刀ですが……ちょっと見てくれはりませんか？」

「儀式用？」

「へえ」

奥に入って、書庫のような物置から、一振りの飾剣を持ってきた。柔らかな絹布に包んでいたものだが、広げると目映《まばゆ》いばかりの黄金色の光が発した。冑金《かぶとがね》から石突《いしづき》まで鞘は金色の螺鈿《らでん》に覆《おお》われ、鍔《つば》や帯取《おびとり》なども、すべて黄金で出来ているかのようだった。

儀仗《ぎじょう》に使うとはいえ、そっと抜き払った刀身は緩《ゆる》やかな湾曲があって、明鏡のように澄み渡っている。仕立て方としては、平安朝のものであろうが、到底、それほど古いものではなかった。おそらく戦国期に作られた、まさに儀式のために使われるものであろう。

「これが、どないしたんどす？」

綸太郎が尋ね返すと、清右衛門はわずかに曇り顔になって、

「半月程前やろか。ちょっと妙な感じの浪人が、うちへ訪ねて来て、これを買うてくれと言いますのや」

「妙な感じの浪人……」

「ええ。右目やったかな……この辺りから、耳にかけて古い刀傷があって、なんや殺気が籠もってるようなお侍でした」

綸太郎も横で聞いている内海もアッとなった。峰吉が〝閻魔堂〟で会ったという話を思い出したからである。二人の表情の変化に気づいた清右衛門は、不思議そうに見やってから、

「何か心当たりでも？」

「ええから、先を続けてくれ」

と綸太郎が言うと、清右衛門は黄金色の刀を手にしたまま、

「すぐさま、この刀を鑑定してみたのですが、私が見ても、まあ高く見立てても、せ

いぜいが十両か十五両。若旦那も見抜いたとおり、これは平安京のいにしえのものとは違います。かなりの腕の刀鍛冶が、儀式用か贈答用に作ったものでございましょう。ですが、地金などはよう鍛えたもので、もし実戦に使ったとしても、その辺のなまくらな刀などポキンと折ってしまうでしょうな」

「おそらく……」

「その値打ちをみて十五両で買うと言ったのですが、百両いや、その何倍もの値打ちがあるはずやと譲らないんです」

「その浪人がか？」

「はい。ですから、しばらく預かって、場合によっては本阿弥家に鑑定をして貰い、折紙が出れば、それなりの値で買い取ると言って、一旦、帰ってもらったのです」

「しかし、これは本阿弥家の目を煩《わずら》わせるほどのものやないで」

「私もそう思うたから、店からは出してないのですが……その浪人がいまだに取りに来んのです。そしたら……」

「そしたら？」

「ついおととい、ひょんな所で会いましてな」

「ひょんな所？」

「ええ。出先の大工町で」

「深川海辺のか」

内海が身を乗り出して尋ねると、どうして知っているのか不思議そうな顔をして、清右衛門はこくりと頷いた。

「で、刀の話をしたら、『あれは、もう要らぬ。おまえが売るなり、家宝にするなり勝手にせい』と言ったんです……そんなこと言われたら余計、気味が悪いじゃないですか」

「そうだな」

「ですから、いっそのこと売ってしまえと思うとるのですが、儀仗用とはいえ、守り刀になりますさかい、奥の神棚に飾っておいたのですが……」

と言いかけて俄《にわか》に恐ろしそうな表情になってから、

「いや……やめときまひょ。どうせ若旦那は信じはらんでしょう」

「まあ、言うてみ」

「でも……」

「ほなら、こっちから言うたるわ。その刀が鳴いたのやろ」

「鳴いた？」

と今度は内海が怪訝《けげん》な顔をするのへ、綸太郎は淡々と続けた。

「これはや刀身の鎬《しのぎ》のところに細工がしてあって、一振りしただけで、ビュンと気持ちのよい音が出るようになってる。それに加えて、鞘と刀の間にも隙間を作ってあって、風が吹けば、丁度、笛を吹くように音が鳴るように出来てるのや。わざと妖刀に見せかけるために拵《こしら》えたものやろう」

「やはり……そうでしたか」

清右衛門は納得したように頷いたが、分からないのは、なぜその浪人者がその手の刀を、目利きの清右衛門に見せた上で、放置したかである。

「そら、簡単なこっちゃ……ねえ、内海さん」

綸太郎が当然のように問いかけると、内海は虚を突かれたように目をぱちくりと、

「え？　どういうことだ？」

「浪人はおそらく、清右衛門……その刀が、おまえの手から本阿弥家に渡り、さらに若年寄の小坂肥前守に届くことを期待しておったのだろう」

「何のために」

「そら……閻魔帳どおり、始末するためですよ」

「始末……？」

綸太郎は持ってきていた風呂敷の包みを開くと、小さな桐箱があって、その中に水晶玉があった。光が当たらなければ、まさに清水のように透き通って見えないくらいだ。

「縁起を担ぐわけじゃないが、この水晶玉は上条家に伝わる魔除けの玉や。清右衛門……おまえもかつては『咲花堂』でキバッてた人間や。殺されるのを黙って見てるのも忍びないでな。これを枕元に置いて寝るがええ」

「若旦那……」

「ええな。俺は刀が人を殺すなどとは思うてへん。それを使う人間の心の問題や。そやさかい、〝閻魔堂〟から盗まれ、さらに奉行所から消えた〝天国〟を見つけ出して、俺なりに始末したいのや」

「始末……」

「ああ。近頃は、始末屋だの天罰屋だのという類がおるという噂や」

「なんですか、それは」

「早い話が、金で請け負って、人の恨みを晴らす仕事だ。だがな……閻魔様は違う。金で請け負って仇《かたき》討ちをするのではなく、悪人を懲《こ》らしめる……冥土に連れて行くのや」

「冥土に……」

「清右衛門。おまえさんも、その閻魔帳に書かれたのやから、覚悟しいや」

「わ、若旦那……」

「それが嫌なら、ほれ、この水晶玉を大事にして、それから……色々と知っていることを正直に、内海の旦那に話すこっちゃ。そしたら、おまえだけでも閻魔帳から外されるかもしれへんよってな」

京に住んでいた頃に見た、六道珍皇寺の閻魔像の真っ赤な顔でも思い出したのであろうか。清右衛門は俄にぶるっと震えると、懐に抱え込むように水晶玉を受け取った。

「ええな、清右衛門……商いもそうやが、人間、正直が一番や」

綸太郎は諭《さと》すように言ってから、

「代わりに、この飾り刀は預かっておく。鬼退治には丁度ええかもしれんしな」

とにっこりと笑った。

五

提灯《ちょうちん》がずらりと続く。その灯りに艶やかに浮かぶ桜花びらの下を、桃路は玉八を連れて歩いていた。向島《むこうじま》の土手堤は今を盛りと、しだれ桜の枝が夜風に揺れている。

所々で、酒盛りをしている調子者たちもいるが、本当の江戸っ子はバカ騒ぎなんぞはせず、静かに花の美しさや純粋さを逍遥《しょうよう》して愛《め》でていた。闇の中で、ひらりと舞う花の命の儚《はかな》さに何を思うのか。人々はそれぞれの憧れや惜別《せきべつ》の念を抱きながら、春の宵《よい》を楽しんでいるようだった。

「桃路姐さん……どこまで行くんです？」

玉八はオコゼという渾名《あだな》がつくくらいだから、闇の中からふいに現れたら、見た人が驚くであろうが、今宵は誰もが桜を見上げているので、その心配はない。

「ねえ、桃路姐さん……」

「まだ内緒だよ」

「でも、さっきから同じ所を何度も回っているじゃないっすか。もう足が棒になっちまって、おいら……勘弁してくださいよ」

「だらしがないねえ。幇間は足腰が命。そんなこっちゃ、この先が思いやられるねえ」

「どうでもいいから、どっかに座って、花見で一杯、ねえ、姐さん……」

つと足を止めた桃路の帯にぶつかりそうになって、玉八は必死に踏ん張ったが、よろりと幽霊のような格好で倒れかかった。それを見抜いていたかのようにサッと体を捻《ひね》った桃路は、するりと脇道にそれた。

「姐さん……？」

と声をかけようとすると、前方から来た商家の旦那風が玉八を呼び止めた。

「おい。玉八じゃないか」

「ああ。これは、駒形《こまがた》屋のご主人。よい花見の宵ですねえ」

駒形屋とは、江戸で屈指の普請《ふしん》請負問屋で、主人の弥右衛門《やえもん》は三代目で、四十半ばの脂《あぶら》ののりきった商人である。いずれ問屋仲間肝煎《きもい》りと目されている〝やり手〟である。

普請請負問屋とは、今でいう建設会社のようなもので、材木や石材、油、炭などの調達から、大工や左官、その他大勢の人足などを集める周旋屋《しゅうせんや》のようなこともしていた。公儀御用達《ごようたし》として幕府の普請を請け負っているから、同業者のみならず、畳や紙、蠟燭《ろうそく》をはじめ、太物《ふともの》や小間物を扱う問屋なども、駒形屋には一目置いていた。

——駒形屋が風邪ひきゃ、江戸が熱出す。

と言われるほど、江戸の経済にとっても大きな存在だった。それゆえ、少々、天狗になっているのは仕方あるまい。人を蔑《さげす》むわけではないが、どこか鼻につくような態度だったが、それもまたもって生まれた雰囲気としか言いようがなかった。

「よい花見だと？　何を暢気《のんき》なことを言ってるのだ、玉八。桃路はどうした」

「は？」

脇道を見ると、木陰の闇の中に隠れるように身を縮《ちぢ》めた桃路が左右に手を振っている。ここにいると言うなという仕草なのに、玉八は首を傾げて、

「へ？　何をしてるんです、桃路姐さん」

と声をかけたものだから、素早く桜の枝の向こうを覗き込んだ弥右衛門は、半分安堵したような、それでも半分怒ったような口調で、

「そこで何をしてるのだ、桃路。なかなか戻って来ぬから、また袖《そで》にされたのかと思ったぞ。今宵は花見の宴だから、大切な客人も呼んでいるが、その御仁ももう待ちくたびれている。さあ、行こう、行こう」

と脇道へ下り桃路に近づいて手を握った。羽織の裾が桜の幹に絡まったが、気にす

る様子もなく弥右衛門は強引に連れて行こうとした。桃路はとっさに裾は払ったものの、玉八にはバカッと舌を出した。

「……なんや、桃路姐さん……お座敷に行くかどうか迷ってたのか……だから、同じ所をぐるぐると……そういうことなら、先に言ってくれてたらいいのによう……」

口の中で呟きながら、玉八は二人の後をついて行った。

桃路は前々から、身請けしたいと強引に迫ってくる弥右衛門に困っていた。だが、芸者は遊女とは違う。借金の形《かた》として置屋に縛《しば》りつけられているわけではない。もちろん、それなりの内証金を用意して、〝引く〟ことには変わりないが、桃路は『喜久《きく》茂《しげ》』という置屋で一番の売れっ子で、神楽坂界隈《かいわい》でも指折りの人気芸者である。だから、置屋に対して払われる金は生半可ではない。

もっとも、弥右衛門にしてみれば、百両や二百両の金はどうってことあるまい。幾らでも出すつもりである。しかし、自分の身を金で売り買いされるような気がする桃路は、気分が嫌だったし、子供の頃から、一人前の芸者に育ててくれた置屋の女将に対して裏切ることにもなると思っていた。

ところが、近頃は置屋の女将が、

「あんたも、そろそろ身を固めた方がいい。女は花のあるうちに、いい旦那に引いてもらって、実を成らせた方が幸せだよ」

と、しきりに弥右衛門との縁談を進めようとするのである。それゆえ、向島にある『駒形屋』の寮まで出向かせた。桃路の先々のことを考えてのことであろうが、当人にとっては痛し痒《かゆ》しだった。宴席ではいつも鷹揚《おうよう》で堂々とふるまう弥右衛門のことが〟嫌い〟というわけではなかったからだ。

『駒形屋』の寮は北十間《きたじっけん》川沿いにあって、花火の時節には物干し台から眺めることができた。二階からは、桜並木が続く隅田《すみだ》川を眺めることもできるので、「花乃家《はなのや》」と名付けていた。

寮には先代から仕える下働きの爺やと下女が二人いるだけだった。この寮は弥右衛門だけが使う所で、奉公人たちを遊ばせるときは根津《ねづ》や上野《うえの》の寮へ行かせていたから、ほんとうにゆっくりと過ごせる〟隠れ家〟だったのである。

弥右衛門に案内されて二階に上がると、手摺《てす》りに肘《ひじ》をのせて、ぼんやりと提灯桜を眺めていた身分の高そうな侍がいた。紫がかった紬《つむぎ》の羽織から覗く脇差の柄も、鮮やかな紫色をしていた。餅のような白くぽっちゃりした顔で、いかにも名家の当主という雰囲気だった。年は五十過ぎであろうか、凜然《りんぜん》と輝く目は自信に溢《あふ》れていた。

「遅くなりました。神楽坂から参りました、桃路という者です。お初にお目にかかります。どうぞよろしくお願いいたします」

と三つ指をついて挨拶をした。侍は「ほう……」と短い溜息をついてから、

「なかなかの女ではないか。駒形屋……おまえとは似合いではないか?」

「かようなむさ苦しい所で、申し訳ありませんが、色々とお願いしたいこともありますので……ささ、桃路、お注《つ》ぎしないか」

と桃路は、侍が蝶足膳《ちょうあしぜん》の前に座り直す側に寄って、どうぞと銚子を傾けた。

「お武家様は、どちらのお偉いさんですか?」

「ん?」

「お名をお聞かせ下さいまし」

桃路はさりげなく言ったつもりだが、弥右衛門は慌《あわ》てたように、

「これ、桃路。失礼じゃないか」

「え? お名を聞くのが、どうしてご無礼なのですか?」

「おまえなんぞに名乗る謂《い》われのない御仁だ。黙って酌《しゃく》をしておればよいのだ」

異様な気の使い方に、桃路はそれ以上、何も言わなかったが、武家のことよりも、弥右衛門の人としての器量を垣間《かいま》見た気がした。嫌な雰囲気を察したのか、侍の方が
弥右衛門をたしなめるように、

「よいよい、駒形屋。こういう毅然《きぜん》とした女こそが、儂の好みじゃ」

好み……と言う声には露骨な下心が溢れていて、桃路には気持ち悪いくらいのねちっこさすら感じた。

「儂は、阿波松原《あわまつばら》藩藩主……若年寄・小坂肥前守だ」

「わ、若年寄、様……！」

恐縮した桃路はすぐさま控えて、とんだ無礼をしたと平伏《ひれふ》した。

「おいおい。名を尋ねたのは、おまえの方だぞ。今宵は儂も微行《びこう》にて、花見に来ておるのじゃ。遠慮することはない。さあ、酒を注いでくれ。それから、小唄と舞くらい見せて貰おうか」

小坂は立場上、町場をぶらつくことはできない。屋敷を離れる際も、大名や旗本が常にそうであるように、本来なら公儀に居場所を届けなければならない。しかし、面倒な規則に従ってばかりいれば、人間は心が病んでしまうというもの。だから、時折、こうして弥右衛門に案内をさせて、浮き世を楽しんでいるというのだ。

しかし、桃路もバカではない。中には町人の楽しみを真似《まね》る酔狂な偉い人もいようが、小坂肥前守といえば、庶民でもその名を知っているくらいの金の亡者だ。大店《おおだな》の主人たちから沢山の賄《まいない》を受け取っては、その代わりに公儀普請の口添えをするから、〝千代田《ちよだ》の口入れ屋〟と陰口まで叩《たた》かれている。かような人物と弥右衛門がつるんでいるとは、桃路は思ってもみなかった。

いや、公儀の普請を一手に請け負っている『駒形屋』の当主なのだから、それくらいのことをしている方が当たり前か。そう思った途端、桃路はなぜか急に気持ちが軽くなった。謙《へりくだ》るような相手ではないと思ったからである。桃路という女は、清廉潔《せいれんけっ》白《ぱく》で飾りっ気のない人間の前の方が、心を見透かされるような感じがして、緊張するのである。

「では、若年寄様直々《じきじき》のお頼みならば、私も踊り甲斐《がい》、歌い甲斐がありますわいなあ」

と少しおどけたように舌を出して、桃路は即興で端唄を歌いながら、三味線を弾き、玉八にひょっとこ踊りをさせた。

〽葉桜や、月は木の間をちらちらと、叩く水鶏《くいな》に誘われて、ささやく声や、苫《とま》の船。あ、ちゃんがれなあ。

向島の水神を素材にした小唄である。本来は、隅田川の対岸の灯りを眺めながら、恋をささやく男女の歌だが、楽曲を変えると、聞きようによっては、〝下心〟が見え見えの感じもする。

「ほう……満開の桜を見て、葉桜を歌うとは、これまた風流。花の散った後の若葉を愛《め》でるとは、桃路とやら……この儂と褥《しとね》をともにしたいと思うてか？」

小坂が誘いかけるような目つきになると、桃路はポンと胸を叩いて、

「私はそれでもようござんすが、駒形屋さんに身請けされる身でありますれば、旦那様にお尋ねしてくだしゃんせ」

と、これも三味の調子をつけて返した。小坂が目を細めて振り向くと、弥右衛門は額に汗をかきながら苦笑いで、どう答えてよいか迷っていたようだった。

その時、騒がしい声が起こって、綸太郎が入って来た。小坂を密かに守っていた家来が追ってきたが、綸太郎は構わず、

「申し訳ありません。小坂肥前守様とお見受けいたします」

と問いかけると、小坂は不愉快に口元を歪めて、

「……誰だ」

「刀剣目利きの上条綸太郎と申す者でございます。神楽坂で『咲花堂』という骨董屋も営んでおります」

「上条……咲花堂……」

小坂の赤らんだ鼻先がピクリと動いた。明らかに、綸太郎のことを何者かと承知し

ている表情だった。しかし、面倒な奴だと言わんばかりに険悪な顔になって、

「目利きが何用だ。しかも、かような所まで……なぜ、儂がここにいるのを知っておる。『咲花堂』は隠密目付の真似事をしてると聞いたことがあるが、儂は公儀に睨まれる覚えなどないぞ」

「隠密？　とんでもありまへん」

あるはずがないと綸太郎は笑ってから、

「小坂様がここにいてはるのは、うちの番頭に尾《つ》けさせたからです。まさか、桃路までおるとは知りまへんでしたが」

「尾けた？」

「へえ。小坂様は〝閻魔帳〟に記された一人でございます。ですから、どうしても、お救いしとうて馳《は》せ参じたしだいどす」

「閻魔帳だと？　おいおい……さっきから訳の分からぬことばかり言うておるな。『咲花堂』が変わり者だとは聞いていたが、いい加減にせぬか？」

「私が変わり者？」

「さよう。いくら本阿弥家に繋《つな》がる者で、名字帯刀が許されておっても所詮は町人。あまり出しゃばらぬ方がよいぞ」

「別に出しゃばるわけではありませんが、これも御前様のため。お耳をお貸し下され。こういう機会でもなければ、お目もじもできませんでしたからな」

意味ありげな目つきになった綸太郎に、小坂はわずかに眉《まゆ》を寄せたが、

「言いたいことがあれば、有り体《ありてい》に申せ。特別に許す」

と、ささやくような声で言った。

六

綸太郎の話を聞いた小坂肥前守は、夜桜を眺めるのもそこそこに、馬場先《ばばさき》門近くの屋敷に帰った。

この辺りは徳川御一門の大きな邸宅が建ち並んでいるので、夜の警備は厳しいが、小坂肥前守の顔を知る者も多い。大名小路と呼ばれる通りの辻番は、小坂が覆面をつけて、お忍びで出かけていることも承知しているとみえ、ちらりと顔を見ただけで通した。

「ふざけおって……」

小坂は忌々《いまいま》しく唇を噛《か》んで、綸太郎の顔を思い出していた。

「儂が閻魔に狙われているだと? バカも休み休み言え」

と背後の家来に言うともなく呟いた。連れている家来はわずか二人。いずれも新陰《しんかげ》流の手練《てだ》れで、いつでも戦えるように刀の鞘袋は取ってある。辻灯籠《つじどうろう》がぼんやりと光を放っているが、先程まで桜を照らす提灯を眺めていたから、辺りの武家屋敷の庭から伸びる木々が鬱蒼《うっそう》と感じられる。

「上条綸太郎……あやつはやはり、公儀の目付役をしているのやもしれぬ。本阿弥家自体がそうだが、刀剣目利きという本職はあれど、諸藩の江戸屋敷に出向いて、刀剣の鑑定をしているのは、まさに諸国の動向を探るがため。上条家が京都所司代や大坂城代と繋がりがあったのも頷ける……やはり、上条家の跡取りが江戸に来たのは、その狙いもあったのやもしれぬな」

誰にともなく小坂はささやき続けた。綸太郎が話したことは、殺された日向屋惣兵衛の日誌に書かれていた名のことである。まるで何か悪事を働いていて、それがために閻魔に殺されることを前触れしたような言い草が、小坂は気に入らなかった。

小坂には思い当たる節はない。それに対して、

「あやつめは、いけしゃあしゃあと、『小坂様は思わぬところで恨まれているかもしれないし、また己では悪いことをしたつもりはなくとも、人を不幸に陥《おとしい》れることも

ある』などと言いおったッ。無礼千万。一体、儂が何をしたというのじゃ。のう」

と後ろを振り返ったとき、家来二人の姿はなく、数間離れた路上に、仰向けになって倒れていた。近くに不穏な気配を感じ、

「なんだ……」

小坂が家来に近づくと、二人とも喉《のど》を掻《か》っ斬られていた。刀を抜く間もないまま、無念の表情で天を見上げている。

ひっと喉を詰まらせて、小坂は屋敷まで走り、表門を叩こうとしたが、自分の袴《はかま》を踏むような格好で前のめりになった。次の瞬間、背中にグサリと刀が突き立った。

「ば、ばかな……な、なぜ、儂が……！」

喘《あえ》ぎながら崩れ、口から血反吐《へど》を吐くと同時に白眼を剥《む》いて絶命した。

その小坂の亡骸《なきがら》が見つかったのは、翌早朝のことだった。門番が潜《くぐ》り戸を開けて出てきたときに目にしたのだった。

小坂の背に刺さっていたのは、間違いなく〝天国閻魔〟であった。

家来二人は喉を斬られて死んでいるように見えてはいたが、傷ついて激しく出血し、失神していただけだった。

北町奉行所から消えた刀によって起こった事件ゆえ、町方が探索をしたのは当然だが、若年寄が殺されたということで、老中直々に陣頭指揮を取り、徹底して身辺を洗い直した。特に〝閻魔帳〟の存在を知った幕府重職は、殺された者たちの関わりを調べ直し、下手人を絞ることを急いだ。

その探索の中で、小坂がその夜、桜見物をするために、『駒形屋』の向島の寮を訪れていたことはすぐに分かり、綸太郎や桃路らが同席していたことも判明した。当然、『咲花堂』にも内海が訪ねて来て、「どういうことだ」と厳しく詰め寄った。明らかに、綸太郎が真相を知っているのではないかと疑った目つきであった。

「腹を探られて当たり前だろう。〝閻魔帳〟については、おまえに特別に見せたのだ。そして、おまえが小坂様を尾けてまで訪ね、その後に死んでいるのだからな。何も知らぬでは済まされまいぞ」

「へえ……ですが、事情は知りません。こんなことになるのなら、一緒に屋敷までついて行くのどした」

と綸太郎は淡々と答えた。

「おまえが殺《や》ったとは言わぬが……何か知ってる……違うか？　だからこそ、わざわざ峰吉に尾けさせてまで、向島まで追ったのではないか？」

内海の言うようにまったく知らぬことではない。だが、確信がない今、口に出してよいかどうか迷っていた。

「ふむ。やはり、知ってる顔だな」

「……内海の旦那には敵《かな》いまへんなあ。では、なんで小坂様の屋敷を張っていたか。そして、わざわざ進言に行ったかだけは、お話しいたしまひょ」

「なんだ」

と内海が膝を進めると、綸太郎は峰吉に暖簾《のれん》を外させ、表の格子戸を閉めさせた。途端に、店内が薄暗くなったような感じがして、整然と置かれている天目《てんもく》茶碗や六古《ろくこ》窯《よう》などの壺が、何かを囁《ささや》いているように見えた。

「そのとおりでっせ、内海の旦那。ものというものは、人の話を聞いとりますからな。ま、半分は冗談ですが、刀については、冗談では済まされまへん」

「どういうことだ」

「昔から、刀剣目利きの間では、『刀に聞け』という言い草があります」

「刀に聞け……？」

「へえ。刀は生きているとも申しますが、一々、ハバキや鍔を取り、柄から中茎《なかご》を抜いて銘を見ずとも、自分が何者かということを、刀が語っているということどす。それと同じように、自分が誰の血を、何故に吸ってきたかということも話すのどす」

「おまえの言うことは、時々こっちの頭の調子がおかしくなるくらい分からぬことがある。与太話はよいから、有り体に申せ」

「まあまあ、そうおっしゃらずに、物事には順序ちゅうものがおますさかい。ええですか、内海さん……」

綸太郎の瞳の奥に、鬼火のような明かりが灯ったように見えた。

「私があの刀……〝天国闇魔〟を預かって鑑定したとき、刀がささやいたのどす。今までどのような人を斬ってきたか」

「お、おい……」

内海はふざけるなと怒りの表情さえ浮かべたが、綸太郎は構わず続けた。

「日向屋惣兵衛と妾喜代、それから作事奉行の落合主水介様については、予《あらかじ》め聞いてましたが、他の方々の名をあげてみまひょか」

「なんだと？」

「両替商の讃岐《さぬき》屋、札差《ふださし》の遠州《えんしゅう》屋、大工棟梁浜蔵《はまぞう》、町道場主の芝崎伝兵衛《しばさきでんべえ》……」

「待て」

と内海は険《けわ》しい顔になって、

「その者たちは、この数年の間の、下手人が見つかっていない、いわば〝くらがり〟に落ちた事件で、殺された奴ばかりではないか。そんなもの、刀に聞かずとも、調べれば分かる話ではないか」

「…………」

「どこで、どのように殺されたか、ということだって言い当てることができよう」

「逆ですよ、旦那」

「……逆？」

「〝閻魔帳〟に載っていたから、その者たちが殺されたんどす。〝閻魔帳〟といっても、日向屋が書き残した程度のものじゃありませんよ。『神楽坂閻魔堂』に残っているものです」

「そんなものが残っておるのか？」

「実は、私も〝天国閻魔〟に尋ねたとき、驚きましたよ」

と綸太郎はまるで刀との話を、人とでもしたように語った。

「その刀は、〝閻魔帳〟に従って斬ってきただけ。つまり、閻魔の命に従ったまでで、善悪はないとね……だから、すぐさま、『閻魔堂』を調べてみたんです。すると、本堂脇に掛けられてある無数の絵馬の中に、『誰々を殺して下さい。理由は何々』と記されてるんです」

「それは本当か」

「ええ。その中に、今述べた人たちの名があったのどす。そして、その者たちを間違いなく殺したと、刀は語っておりました」

「刀の話はよい……」

「いいえ」

綸太郎は強い声で遮って、内海の目を見据えて、

「人の血を吸った刀は、どんなに磨いても研《と》いでも、心鉄まで染みついた穢《けが》れを拭《ぬぐ》うことはできないのどす。ええ、悪事を尽くしたものが、それを重ねるたびに、魂の奥が腐っていくように溜まっていくのですよ……澱《おり》のようにね」

なぜか、内海は綸太郎の鬼気《きき》迫る顔に身震いした。

「ですが、内海さん……私とて妖刀が勝手に空を飛んで人を殺したとは思うてまへん」

「……………」

「かような直刀は重みもあるし、扱い慣れた手練れでしか使いこなせませんでしょう。『閻魔堂』の住職……龍海和尚を調べてみる必要があると思いますな」

「龍海和尚……何故だ」

「そんなこと、私にも分かりませんがな……うまいこと調べてみればよろしいかと。ええ、うまいことでっせ。でないと、内海さん、あんたも〝閻魔帳〟に書かれるかもしれまへんからな」

脅かすように言って、綸太郎はうっすらと笑みを浮かべた。

七

その夜、花嵐が吹いた。

墨田堤に咲き乱れていた桜をすべて飛ばしてしまうほどの激しい風だった。いや、地震でもあったかのように、神楽坂下天願寺の本堂の壁が揺れていた。障子戸が風に叩かれているのだが、堅牢《けんろう》な建物ですら倒されるのではないかと思えるような激しさだった。

隙間風が吹き込んで来て、本尊の阿弥陀如来像《あみだにょらい》を炙《あぶ》るように燃えている百目蠟燭の炎も消えてしまいそうだった。その灯りに浮かび上がったのは、龍海和尚の穏やかな顔であり、その前に、三人の男が黙座していた。いずれも一癖も二癖もありそうだった。

その中には、峰吉が『閻魔堂』で見かけた浪人者もいた。

「どうやら……面倒なことが起きつつあるようです」

と龍海がおっとりとした声で言った。決して重々しいわけではないが、人を威圧するような響きがあった。

「我々のことを探っている者がおります。その名は、上条綸太郎……知っているかとは思いますが、京の『咲花堂』の御曹司。近頃、江戸のここ……神楽坂にて骨董店を開きながら刀剣目利きをしているようですが、どうにも厄介《やっかい》なことです」

「厄介と申しますと？」

問いかけたのは、例の目の下に刀傷のある浪人だった。他の二人は、職人風の男と商家の若旦那風だった。

「上条家といえば、庶流とはいえ本阿弥家の親族です。本阿弥家といえば、ただの刀剣目利きではなく、絵画や書、作陶などを支配しているにとどまりませぬ。江戸においては、町年寄樽《たる》屋、金座後藤《きんざごとう》とも同じ一族であり、将軍家とも繫がる……いわば世の中を操っている〝本家〟でもありますからな、下手に手は出せません」

「しかし、我々のことが知られれば……」

龍海は何か言いかけた浪人を制して、

「いや。たとえ上条綸太郎といえど、私たちの存在を知ったとしても、世間にバラすことなどはできますまい」

「どうしてです」

「本阿弥家の初代が妙本《みようほん》だということは承知しておりましょう。足利尊氏《あしかがたかうじ》公が鎌倉から京に招いたのも、分かりますな？　源氏と深い繋がりのある刀剣目利きであったからですが、ただの名誉で刀剣鑑定奉行にしたわけではありませぬ。明《みん》との交易で、刀剣を売るために必要だったのです、刀を見る目がね。つまりは商人としての資質も求められたのでしょうが……まあ、これは余談」

龍海はふうっと深い溜息をつくと、

「本阿弥家は元々、足利将軍家の〝守り刀〟でもあったわけです。つまり、幕府のために、閻魔大王の役をしていた……世の中にはびこる悪党を……といっても足利家にとっての悪党でしょうが……葬っていた。その役目をもっぱらに請け負ったのが、上条家……とも言われておるのです。むろん、徳川の世になって、さようなことが続いているとは思えませぬが、とどのつまりは、私たちと同じ穴のムジナだということです」

「それは知りませんでした」

職人風の男が低い声を洩らした。

「しかし、龍海和尚。私たちは徳川家に不都合な悪人を消すのではありません。法の目をかいくぐって悪事の限りを尽くしている者を見極めた上で、仏法《ぶっぽう》によって裁くために、あえて閻魔と手を結んでいるのではありませぬか？　だからこそ、和尚も……」

「むろんです」

神楽坂閻魔堂の境内に掛けられた絵馬の中から、色々と詳細に調べた上で、絶対に許せない奴を選んで、〝天罰〟を加えるのが、龍海を中心とする〝殺し請負人〟たちの仕事であった。

だが、それは江戸にも潜伏しているという噂のある、金で請け負う者たちとは質が違う。龍海たちはそう思っていた。

「みんな……聞いてくれ」

龍海は改めて、三人を見つめ直して、

「上条綸太郎や町方同心が、私に目をつけた上は、あなた方にもいずれ手が及ぶかもしれません。訳はどうであれ、殺《あや》めた相手が極悪人中の極悪人であれ、死罪は免《まぬか》れませぬ。今すぐにでも江戸から離れて下さい」

「和尚、その必要はない」

と浪人者が毅然と言った。目の下の刀傷がきりりと動いたように見えた。

「俺たちはもとより晒《さら》し首になるのは覚悟の上。それでも間違ったことをしたとは思っておらぬ。少なくとも、俺たちが手にかけた奴がいた世の中よりは、ましな世になった……そうは思いませぬか？」

龍海はこくりと頷いたものの、悄然《しょうぜん》とした面持《おもも》ちになって、

「されど、悪の種は尽きるまじ……ですな。しかし、上条家の御曹司に分かってしまったとなれば、今度は本阿弥家によって、我々が闇に葬られるやもしれませぬ」

「葬られる……」

「閻魔の使いとして人を裁くのは、地獄行きの引導を渡すのは、小野篁に繋がる者にしか、許されておりませぬからな……地獄、餓鬼《がき》、畜生、修羅《しゅら》、人間、天上、声聞《しょうもん》、縁覚《えんがく》、菩薩《ぼさつ》、如来《にょらい》……人間はこの〝十界〟を、一念にして住んでいると言われるが、我々とて正義ではありませぬ。如来や菩薩の心もあるかもしれないが、裏を返して地獄や餓鬼にもなる。だからこそ、閻魔大王にお縋《すが》りした」

じっと聞いていた三人の瞼《まぶた》からは、なぜか涙が溢れていた。

もし傍で誰かが見ていたら、泣いている理由は知る由もないであろうが、三人はお互いよく理解できていた。それは閻魔が流す涙と同じであった。

「ならば、あと一人だけ……『日本橋利休庵』を始末して、しばし姿を消したいと思いますが、如何でございましょうか」

と浪人が申し出た。龍海はじっと阿弥陀如来像を見上げていたが、しずかに最後の一滴を絞り出すような声で、

「阿弥陀如来様は決して人を殺しませぬ……やはり閻魔様に聞いてみますか」

そう言ったが、春の嵐の音で、はっきりとは聞こえなかった。表はまだ、びゅうびゅうと恐ろしいほどの風が吹き荒《すさ》んでいた。

八

翌朝の江戸は、昨夜の嵐が嘘のように晴れ渡り、仰ぐ人の目も蒼くなるほど、紺碧《こんぺき》の空が広がっていた。だが、隅田川の川面は、通り過ぎた風が恨めしく思えるほど、桜の花びらが散って、まるで敷物のように広がっていた。

綸太郎はまさに春愁《しゅんしゅう》というべき川面を眺めながら、世の中の儚《はかな》さを感じていた。

　──人の命もまた、そうであろうか。

　と思っていると、両国橋から浜町の方へ折れた土手道を、暢気《のんき》そうに歩いて来る『日本橋利休庵』主人の清右衛門の姿が見えた。もちろん待ち伏せていたのであるが、

「まだ殺められなくてよかった」

　そう呟きながら、清右衛門に近づいた。

「これは若旦那。またぞろ、ご心配をして来て下さったのですかな？」

　昨夜のうちに、峰吉を差し向けて、

「閻魔大王の名を借りて、名刀天国で人を始末している下手人が見つかるまで、外出を控えるように」

　と忠告しているのだが、清右衛門は自分は何ひとつ悪いことをしていないと表を出歩いていた。家屋敷に引っ込んでいれば、余計に疚《やま》しいことがあると疑われるというのだ。

「そやけどな、清右衛門。事実、〝閻魔帳〟どおりに四人の人間が殺されてしもうた。どの人も自分は悪いことはしてないと言っていたがな」

「どういう意味です」

「前も言うたが、逆恨みもあるちゅうこっちゃ。それに、『日向屋』がなぜ、おまえ

たちの名を書き残していたか、気にならへんか?」

「ですから私は……」

関わりないと迷惑がって先へ進もうとしたが、綸太郎は肩を押し戻して、

「おまえにも、知らせようとしたのかもしれんのだ。だが、うまく伝わらず、その前に日向屋惣兵衛は殺されてしもうた」

「………」

「おそらく、日向屋惣兵衛は、どこかでおまえたちの名が語られるのを聞いたのやろ」

「どこかで……?」

「〝閻魔堂〟だ。あそこが開帳されているときは、冥土への道が繋がっていることを意味してるらしいてな。閻魔の使いが夜な夜な集まって、次は誰を地獄へ導くかと相談しているらしい」

「その中に私の名があったとでも?」

清右衛門は苦々しく笑って、

「だとしても、この私に身に覚えがないのだから、何とも言いようがありません。ま、若旦那の杞憂《きゆう》でございましょう」

「そうか……ならば、俺ももう余計なことはせんとこ。どの道、閻魔様の裁きを止めることなんぞ、できないやろからな」

仕方がないと溜息をついた綸太郎は、そのまま背を向けて立ち去った。それをしばらく見送っていた清右衛門は、

「ふん。けたくそ悪い。あの正義漢面《づら》したところが、儂は昔から嫌いやったのや。父親の雅泉の方はもっと毒があって、逆らい甲斐があったけどな」

と踵《きびす》を返すと、花筏《はないかだ》を眺めながら、歩き出した。

人形町を抜け、蛎殻《かきがら》銀座跡を日本橋の方へ向かう通りを曲がったところで、ふと背中に冷たいものを感じた。振り返ったが、手代の他は誰もいなかった。

――そういや、この銀座で丁銀や豆板銀を吹いていた大黒常是《だいこくじょうぜ》を祖とする、大黒家も本阿弥家とは親戚で、陰で江戸幕府を支えてるのやな。

との思いがよぎったとき、手代の姿がふいに消えた。おやと首を傾げて、道を戻ると路地に倒れている手代の姿を見た。口元から血が流れている。

人通りが多いのに、悲鳴も上げなかったから、誰にも気づかれなかったのであろう。

ふつうの人間ならば、膝が震えたり、腰が抜けてしまうであろうが、清右衛門は逆

に鋭い目になって、あたりを振り返った。その目は激しい怒りで燦《きら》めいていた。

「誰や……儂に何の怨みがある……」

そう語りかけると、細い路地から出て来た編笠《あみがさ》の浪人が、ぬっと立ちはだかった。

手には、〝天国閻魔〟がある。

「その刀……奉行所にあるのを、またぞろ盗み出したのか？」

編笠は黙ったまま、手にしていた刀をゆっくりと抜いた。

「なるほどな……おまえさん、いつぞや、儂の店に、飾り刀を持ち込んで来た奴やな。顔を隠しても、その佇《たたず》まいで分かるわい」

「…………」

「一体、誰なのや……答えんかッ。儂が何をしたちゅうのや！」

一瞬にして乾いた喉の奥から、嗄れ声を絞り出して怒鳴ったが、相手にはまったく通じなかった。じりっと間合いを詰めると、鋭く抜き払った〝天国閻魔〟で清右衛門の胸を突き抜いた。

かに見えたが、直前、その切っ先に飛来した分銅つきの鎖が巻きついた。次の瞬間、ぐいっと刀は宙を舞って、数間先の溝《どぶ》に音を立てて落ちた。

その時、初めて表通りの往来の人々も異変に気づいた。驚きの顔で立ち去る者、遠巻きに見る者たちなど、取る態度は色々だったが、編笠の男は今度はすぐさま自分の刀を抜き払い、尻餅をついて倒れている清右衛門に斬りかかった。

「無駄な真似はよせ」

別の路地から出て来て、素早く駆け寄った綸太郎は名小太刀〝阿蘇《あそ》の蛍《ほたる》丸〟を抜き払うと、丁度、手刀で受けるような構えで編笠に対峙《たいじ》した。戦国の実戦剣法や柔術を兼ね備えた浅山一伝《あさやまいちでん》流をたしなむ綸太郎は、相手のわずかな隙をついて、一撃で留めを刺すことを旨《むね》としている技を身につけている。

しかし、編笠も、閻魔の使いだけあって、かなりの手練れである。勝負が長引けば、おそらく綸太郎の方が殺られるであろう。

綸太郎がほんの少し、正中線をずらして斜に構えた途端、まるで槍を突き上げるように前足を踏み込んできた。音もなく、瞬きもできないうちに、編笠の切っ先が綸太郎の喉元に飛んできた。まさに飛来した感じだった。

必死に一の太刀をかわしたが、するどく二の太刀、三の太刀を打ってきたので、綸太郎は懸命に飛びすさって、側溝に落ちている〝天国閻魔〟を掴んだ。分銅鎖で奪い取ったのも綸太郎だったのだ。

「あっ……」

まるで聖剣でも奪われたように、編笠が打ち込んで来るのをためらった。

「もう無駄なあがきはやめなはれ。あんたの素性は、私が知ってます」

「なんだと……」

「小野鷹之助《おのたかのすけ》……小野派一刀流の使い手でありながら、龍海のもとで、〝閻魔裁き〟に荷担していたのであろう?」

「!……なぜ、そのことを」

編笠は声を低めて問い返したが、綸太郎はそれには明瞭には答えなかった。ただ一言、こう返した。

「たとえ極悪人であろうとも、闇で裁いてはならないと、俺は思うがな」

「綺麗事を言うな。上条家こそが、その役目をしていたのではないか」

「…………」

「おまえの父上……雅泉とて、所詮は本阿弥家から分家となった上条家の本職……〝閻魔裁き〟をしてきたのではなかったか」

声を詰まらせるように言ってから、小野鷹之助と呼ばれた男は、奥歯を噛みしめるような声で続けた。

「その上条家の先鋒を担っていたのが、今は『日本橋利休庵』の主人におさまってる……清右衛門ではなかったか。奴がどれだけの人間を闇に葬ったか……ぼんぼんやから知らぬとは言わせぬぞ」

「知らんな」

「ふむ。ならば、教えてやる。おまえたちもまた、俺の先祖、小野篁と同じ……閻魔の使いということだ」

「………」

「刀剣目利きとは……つまりは、よく斬れて、折れず、曲がらずの刀を見抜くことに尽きる。つまりは……確実に、閻魔大王の命に応じて、獲物を仕留める刀を備えておくことに他ならぬ。おまえもまた、俺と同じ、血塗《ちぬ》れた一族の末裔《まつえい》だということだ」

「……言いたいのはそれだけか」

綸太郎は淡々と編笠を見据えて、

「一族がどうであれ、俺はこうして、お天道様の下で生きとる。どうやら、おまえは、その編笠がないと生きられぬ奴のようやな。何を言っても空々《そらぞら》しいぞ。つまりは、何やかやと理由をつけて、清右衛門に仇討ちをしたいんとちゃうか？」

「黙れ……」

「図星か……どうせ、他の閻魔の使いたちは、すでに江戸を離れてるのやろうが、あんたが、こうやって利休庵清右衛門を仕留めたいのには、閻魔の裁きとは別に、自分だけの訳があるのやな」

「…………」

「材木問屋の『日向屋』は、贅沢三昧《ぜいたくさんまい》の囲い女・喜代の我が儘《まま》を叶えてやるために、作事奉行の落合主水介とつるんで、公金を横領していた。しかも、その裏には若年寄の小坂肥前守がいて、まんまと悪事を働いていたがために、閻魔大王が始末をすることになった……それに乗じて、どさくさまぎれに清右衛門を殺そうと企んだ。違うか？」

「どけい！」

綸太郎が浴びせかけるように迫ると、編笠は刀を握り直して、青眼に構えて綸太郎と間合いを取った。前足に体重をずらして、すぐにでも打ち込める体勢になると、叫びながら綸太郎に斬りかかってきた。避けると、その勢いで、清右衛門を斬るつもりであろう。理由はともかく、丸腰の相手を殺させるわけにはいくまい。綸太郎は強く相手の刀の峰を押さえつけるように〝阿蘇の蛍丸〟を打ち落とした。

ガツッと鈍い音がしたが、綸太郎はそのまま小太刀を跳ね上げると、編笠が切り裂かれ、顔が露《あら》わになった。目の下から耳にかけて、刀傷のある浪人だった。

それを凝視した清右衛門は間合いを取りながら、

「やはり、おまえは儂の店に来た……」

と言いかけて、もしかしてと不安な色が広がった。その表情を見て取った小野は、懐から一本の銀簪《かんざし》を出すとにんまりと笑って、

「やっと思い出したか、『利休庵』清右衛門」

「……」

「おまえは……俺の娘は、おまえに殺されたのだ……誤ってな」

清右衛門は気まずそうに俯《うつむ》いたが、首を振りながら、

「儂ではない……儂のせいじゃない……」

と懸命に否定した。

「そうじゃあるまい清右衛門。俺の娘、美奈《みな》は、おまえが狙っていた女と間違われて殺された……もちろん、おまえが直《じか》に手を下したわけではない。俺も、誰がやったかは分からなかった……だが、俺なりに探して探して探した挙げ句、おまえが嚙んでいたと知った。だから、俺も〝閻魔〟の手先になろうと決めた。おまえのように、間違えずに確実に仕留める〝閻魔〟の使いになろうとな……」

「……」

「おまえのことは忘れていった。許そうと思った。同じムジナになった限りはな。しかし……おまえは間違えて〝始末〟しただけではなく、それを承知でのうのうと生き、幕閣に取り入って、旨《うま》い汁ばかりを吸っていると分かった……だから、許せなかったのだ。ああ、まさに〝天国〟によって殺されてしかるべき人間だと……閻魔大王もお認めになったのだ。死ねッ、清右衛門！」

斬りかかる刀を綸太郎が弾き落とすと、小野は間髪入れずに脇差を抜き、自分の腹を切り、悶絶の果てに息絶えた。その顔に、どこからか飛んできた桜の花びらが、幾重にも降りかかった。

あまりにも壮絶な光景に、遠巻きにしていた野次馬たちも息をのんで、悲鳴も発せずに見ていた。

「清右衛門……」

綸太郎は小野の無念を思いながら、静かに言った。

「おまえは、人殺しを商いとしていたのか」

「な、なにをバカな……」

「すぐにでも、『利休庵』をたたんで、一旦、京の親父でも訪ねるのやな」

「…………」

「それが俺ができる、たったひとつの情けや。でないと、それこそ〝天国閻魔〟に始末されても知らんで」

真顔でささやく綸太郎の声を聞いているのかいないのか、清右衛門は足早にその場から立ち去っていった。

綸太郎は小野の前に座り込んで、カッと見開いたままの目を閉じてやってから、しばらく瞑目《めいもく》していた。

遠くから、内海が野次馬を掻き分ける怒声が聞こえる。

花嵐がまた起こりそうな昼下がりだった。

第二話　彼岸桜《ひがんざくら》

一

長い夢を見ていた。辛《つら》く切なく、儚《はかな》い思いが胸の奥に去来しては、鈍い痛みだけを体の芯に残してゆく。

ハッと目覚めた上条綸太郎は、寝間に澱《よど》んでいる嫌な重いものを不快に感じた。ぐっしょりと寝汗をかいており、随分と唸《うな》っていたのであろうか、喉《のど》がいがらっぽい。

ゆっくりと立ち上がり障子窓を開けると、半月は中天にあり、行灯《あんどん》あかりのようにぼんやりとした光を放っていた。花曇りのような暈《かさ》が広がっている。

――明日は雨か……。

夜風がさわさわと吹き込んできたが、それは決して心地よいものではなく、粘りけの強い感じがした。汗のせいかもしれぬ。

風呂場の残り湯で拭おうと階段に向かうと、ギシギシと妙な軋《きし》み音がした。まるで〝鶯《うぐいす》張り〟の廊下のようである。だが、隣室では、峰吉がグウグウと鼾《いびき》をかいている。

「ふむ……暢気《のんき》なものだな……何を考えて、江戸までついて来たのや……守役が聞いて呆れるわい」

綸太郎がそう呟《つぶや》いたとき、バタバタと激しく襖《ふすま》や障子窓が揺れて、猛々しい声で、

「すみません！　申し訳ございません！　堪忍して下さい！　二度とさようなことも申しません！　堪忍や……どうぞ、堪忍して下され！」

と峰吉が怒鳴った。ドンドンとしきりに畳を叩いている音も聞こえる。

「申し訳ございません！　どうか、どうか！　ご勘弁を！」

悪い夢を見ていたとしても、あまりにも激しい声なので、綸太郎は襖を開けると、部屋の片隅に座って平伏している峰吉が、必死に謝っている。

誰に向かってか分からぬが、まるで目の前に人がいるようである。

「峰吉、どうした。恐い夢だったのか？」

だが、峰吉はその綸太郎の声にも激しく反応して、

「ひぇえ！　お許しを……！」

とさらに大声で叫ぶので、綸太郎はすぐさま揺り起こそうとした。

だが、いつもの峰吉と違って、妙に力強い。筋骨隆々の武芸者の腕を摑んだような感じで、諸手《もろて》でドンと押しやられた。一瞬の虚《きょ》を突かれた感じで、綸太郎はよろめい

たが、すぐさま峰吉を抱きしめた。

——ただ事ではない。何かに取り憑《つ》かれたのかもしれへん。

と思ったからだ。綸太郎はぐいっと峰吉の首根っこを捕らえるような形で床に倒すと、反転させて後ろ手に取った。抗《あらが》う力は、やはり峰吉のものではない。火事場の馬鹿力とはいうが、そんなものではなかった。

「峰吉ッ。堪忍せい」

綸太郎はぐいっと脇腹から搦《から》め手で急所を落とした。

あっと情けない声を洩らして、峰吉はそのまま前のめりに布団に崩れて、ふたたび寝息を立てはじめたが、綸太郎の胸の中の鈍い重さや、喉のいがらっぽさは益々、増してきたような気がした。

窓を開けても、重苦しさは変わらない。が、綸太郎は明け方まで、ずっと峰吉のそばで、まんじりともせずに座っていた。

夜が明けると、外は音もなく雨が蕭々《しょうしょう》と降っていた。

目が覚めた峰吉は、腹の辺りの異様な痛みに体を海老のように曲げながら、

「な……なんやろ……変な夢みてた……」

「やはり夢か」

と綸太郎が声をかけると、峰吉はいつもの飄々《ひょうひょう》とした姿ではなく、ぼんやりとした、頭痛を抱えた老人のように弱々しかった。

昨晩の様子を綸太郎が話すと、峰吉は俄《にわか》には信じなかったが、遠い昔の思い出をたぐり寄せるように目を細めて、

「ああ……夢やったのか……ああ、よかった……」

と深くて長い溜息をついた。

「それにしても、あまりもの苦しみようだったが、よほど恐い夢だったようやな。実は俺も妙な夢を見てな。真夜中に目が覚めた」

「さようでしたか。で、どのような……？」

「目が覚めた途端に細かなところは忘れたがな、ぼんやりと残ってるのは……何処か深い山にある真っ赤な宮殿のような所で、大勢の者に追いかけられとる夢や。行けども行けども果てがなくてな、逃げても逃げても、次々と黒い影が現れるのや」

「ま、まさか……！」

峰吉が怯《おび》えたような顔になるので、綸太郎は怪訝《けげん》に眉を上げて、

「ん？　おまえも同じ夢を見たんか？」

「へ、へえ……同じ夢を見るなんて、気色悪いですなあ……でも、前にもこんなこと

があったような気が……」

「フン。惚れた女とは同床《どうしょう》異夢《いむ》のことが多いというのに、けたくそ悪い話や。で、おまえは、その大勢の追っ手に殺されそうにでもなったのか」

「わ、わては……あの閻魔大王様の前に突き出されて、ぐつぐつ煮えてる地獄の釜に落とされそうになったんどす……何も悪いことなんかしてへんのに、なんで、こんな目に……」

「人間はな、自分では知らんうちに、なにがしか悪さをしとるものやで。聖人君子がおったら見てみたい」

「若旦那……ひょっとしたら、これは、あんな刀を預かっているせいかもしれまへんで」

「〝天国閻魔〟のことかいな」

「へえ。どうも、あの刀から出てくる妖気ちゅうか、殺気ちゅうか……あれがたまらんのですわ。若旦那は感じまへんのか？」

「たしかにな……俺もモノに魂が宿ることは信じないでもない。いや、むしろ信じとる。殊に刀剣にはな。だが、刀が勝手に人を殺すということは素直に承服でけへん。それがあるとしたら、よほどの……」

「よほどの？」

「怨みか何か、強い〝気〟が残ってるときだけやろう」

綸太郎が諭すように言うと、峰吉は俄に首の辺りが苦しくなったように手をあてがって、

「なんやもう、変な気分やわ……」

と背筋を震わせた。

「そういや、夢の中で、わての他にも、ある男が閻魔様の前で吊《つる》し首になってましてな……もちろん、その足の下は火焔地獄で……」

「吊し首？」

「へえ。その男はゆっくりと、閻魔大王の前まで歩いて来て、薄ら笑いを浮かべてたんどす。ええ、まもなく殺されるというのに」

その話を聞いたとき、綸太郎の脳裏の片隅にも、夢のひとひらが浮かんだ。

「もしや、それは……」

何処か分からぬが、やはり真っ赤な花が紅蓮《ぐれん》のように咲き乱れている中に、ひとりの黒い装束の男が、烏帽子《えぼし》に狩袴の役人らしき者たちに引きずられて来た。そやつは壇上の大きな椅子に座した閻魔の前に立たされる。道服姿に 杓《しやく》を手にしている閻魔

は、大きな目を不気味に見開いて、

「死罪の者。容赦なし」

と頷いた。すると、その男は、

「私は権堂俊之助《ごんどうしゅんのすけ》と申す者。断じて何もしておらぬ。死罪にされる謂われはない」

と淡々と言うが、役人たちは閻魔の前で絞首の縄をかけるのであった。閻魔は恐ろしい形相《ぎょうそう》のまま、

「おまえには切腹をさせる情けも残っておらぬ」

と言うと、大柄で筋肉質の屈強な肉体の権堂の表情は、一瞬だけ、怒りと苦悩に満ちたものの、みっともなく抗うことなく、数人の立会人たちを尻目に、閻魔の前の絞首台に登った。

「最後に何か言い残すことはないか」

役人が尋ねると、権堂は首を振って、

「何を言っても無駄のようだ。俺は……やっておらぬ……何もやっておらぬ」

と閻魔を鋭く睨《にら》み上げた。だが、閻魔にとってはまったく無意味だった。

立会人たちは、その激しい視線に堪えられず、権堂の手を後ろ手に縛り、足も縛り、目隠しをしようとしたが、

「目隠しなどいらぬ」

と言って、目をカッと見開いたまま、首に縄を掛けられた。そして、〝権堂俊之助〟と名乗った男は、決して目はつむらないままで、首を吊られたのである。

「……若旦那も、やはり同じ夢を……何なんでしょう……ああ、たまらんなあ」

夢の中の出来事とはいえ、改めてブルブルと震えはじめた峰吉は、激しい勢いで炎の地獄に落下するその男の姿を思い出していた。

「やっぱり、あんな気色悪い刀を預かったらあかんかったんですわ」

「そうかもしれへんな」

「早いとこ閻魔様に返した方が、ええのとちゃいますやろか」

「閻魔様にな……」

深い溜息をつく綸太郎の横顔に、何かが取り憑いたような、そんな気配すら感じた峰吉は、ギャッとひとりで飛び上がって、逃げるように階下に降りていった。

綸太郎がふと外を見やると、神楽坂の入り組んだ路地に迷い込んだように、編笠の浪人者がうろついている。しばらく、二階の窓から見やっていたが、それは迷っているのではなく、じっと『咲花堂』を窺《うかが》っていたのだと分かった。

一度、障子窓を閉めて、また開けたときには、その浪人者はいなかった。

二

蔵前《くらまえ》の札差『黒江《くろえ》屋』を内海弦三郎が張り込みはじめたのは、一月程前からである。北町奉行所を挙げてというわけではない。幾つかの〝くらがり〟に落ちた事件を探索しているうちに、ぶつかったのが『黒江屋』なのである。

〝くらがり〟に落ちたというのは、今でいう未解決事件のまま、探索が打ち切りになったか、もしくは継続捜査になったことをいうのだが、内海が此度の事件で『黒江屋』に目をつけたのは、

——どうしても分からない殺し。

が脳裏から離れなかったからである。

いつもの内海ならば、お奉行に叱責《しっせき》でもされない限り、上役に命じられても、面倒なことは自らしゃしゃり出てやる気質《たち》ではなかった。どちらかといえば、

「面倒だ。俺が探索するまでもなかろう」

と斜に構えるのだが、ある蠟燭《ろうそく》職人の死が脳裏にこびりついて離れなかったのである。

嘉助《かすけ》という蠟燭職人は、人形町《にんぎょう》の外れ、大川沿いの長屋に住んでいた。二間二間《にけんふたま》の新しい長屋で、へっついも二つあり、土間で仕事をするのに好都合だった。店賃《たなちん》は月に千文と結構な値だが、子供もまた一人増えたので、嘉助は思い切って、狭い長屋から越してきたばかりだった。

女房のおゆきは、八つになるおみよを頭に四人の子供を育てているが、後はぜんぶ男の子だから、毎日の洗い物は大変だった。どんなに注意をしても、遊び盛りの子供たちだ、泥だらけにして帰って来る。

おゆきは呆れ顔で子供たちを叱るものの、それは本気ではない。元気に遊ぶことを実は喜んでいて、

「まったくねえ……困ったたちゃんたちだ」

と言いながら、心の中は幸せな気持ちで一杯の花が咲いていた。

亭主の嘉助は、腕のよい蠟燭職人で、芝居に使う百目蠟燭をはじめ、日々の暮らしに使うものから、仏事用など様々なものを蠟燭問屋から頼まれて、休む暇もなく作っていた。そのために、新しいへっついが欲しかったというのもある。

蠟燭作りの仕事は簡単なようで手が込んでいる。素人目《しろうとめ》には分かりにくい匠の技のひとつではなかろうか。微に入り細を穿《うが》つというが、それは蠟燭作りのためにあるよ

うな言葉だった。

ハゼやウルシの実の油脂から取った蠟を、灯心の上に繰り返し繰り返しかけて太くしてゆく〝生掛け〟という手法をモノにするには年月がかかる。しかも、明るい蠟燭は提灯や行灯に使われることが多いので、短くなっても明るさが落ちない工夫が施されているが、その技を磨くのにも根気がいる。

「手が蠟だらけになって、やっと一人前だ」

と言われるが、嘉助はまだ若いのに、指自体が白蠟になったかのように、熟達の職人の手をしていた。割れず、折れず、よく燃える明るい蠟燭を作れる証である。

――世の中の隅々まで明るくしたい。

それが嘉助の職人としての、たったひとつの願いであった。

しかし、その小さな願いすら、無惨に散らされてしまったのである。できあがった蠟燭を問屋に届けに行った帰り、何者かに殺されたのだ。

背中からいきなり刺されており、それが心ノ臓まで達していた。傷口から見て、刀か脇差と思われた。死体が見つかった所は、蔵前にある永久寺《えいきゅうじ》という寺の境内だったから、その周辺を探ってみたが、めぼしい収穫はなかった。旗本や御家人の米切手を扱う札差が多い土地柄だから、物騒な事件が起こったというだけで、人々は大騒ぎをした。

だが、嘉助が日本橋の問屋に出かけたにもかかわらず、まっすぐ人形町に戻らず、なぜ蔵前へ回ったのか、女房や職人仲間、問屋の主人たちの話からも、その理由は分からなかった。

見た者もおらず、嘉助が特に人から恨まれるということもない。ただ、受け取った蠟燭代が財布ごとなくなっていたことから、物盗りの犯行と奉行所では判断した。ただ内海がひっかかったのは、「近々、小金が入る」と嘉助が嬉しそうに話していたと居酒屋の親爺が証言したことと、『黒江屋』と嘉助の関わりである。

『黒江屋』の主人・森右衛門《しんえもん》と嘉助は、昔のちょっとした悪ガキ仲間だったのである。もっとも、それは十数年前、二人ともまだ十五、六のことだし、やっていた悪さもしれている。だが、内海が調べれば調べるほど、

――森右衛門にとって、嘉助は煩《わずら》わしい人間だった。

という疑念が出てきたのである。

『黒江屋』の店内は帳場を中心に、番頭や手代が帳簿を片手に忙《せわ》しげに仕事をしていた。人の出入りも途絶えない。それほど繁盛している札差だった。

札差は御家人の春と夏、そして冬に配布される米切手を預かり、米を現金に換えて、その手数料を手にするのが主な仕事である。ゆえに取り引きの武家の俸禄《ほうろく》の多寡《たか》によって、店の収入も変わるわけだ。だが、札差がおおむね富豪であって、優雅な暮らしができるのは、両替商に負けず劣らずの金利で、金貸し業をしているからである。

しかも、相手は武家が多く、米切手を担保にするから取りっぱぐれがない。返済できないでいると、〝つけ馬〟のように勤め先の役所に出向かれるので、世間に知られては御家の恥だから懸命に返そうとする。中には、他の両替商に借りてまで返済してくる者もいるから、借り主にするにはいい塩梅《あんばい》だった。

その奥座敷から続く庭は、両国橋を見渡せるような築山《つきやま》を盛っており、大勢で高見の見物ができるほどの広さもあった。庭先から、大川に小舟で漕ぎ出ることもできる。そのような贅沢ができるのも、御家人のみならず、三千石や五千石の勘定奉行や大目付などを務める大身の旗本が〝顧客〟であるからだ。

公儀の偉い御仁たちが背後にいるという威光を掲げて、材木問屋や油問屋など大店との取り引きもあるし、金繰りに困っている人たちにも惜しむことなく貸し与えていた。

富士山をかたどった築山の上に続く石段を登って、大川を眺めながら、森右衛門は傍らの一番番頭の儀兵衛《ぎへえ》に、

「ここからだと、今日も綺麗に富士が見えるな」

振り返ると、遥か遠くに残雪の頂《いただき》が見渡せた。

「うむ……」

森右衛門は恰幅《かっぷく》よく下っ腹が突き出ているが、儀兵衛の方は神経質そうな痩《や》せた体を恐縮したように屈めて、

「あの富士のように、旦那様も、もっともっと大きくなって下さいまし」

「そんなことはどうでもよい。『黒江屋』の看板をどんどん増やさなければならないときに、つまらぬ事で町方に関わり合うなよ」

「あ、はい……嘉助のことですか」

「…………」

「それならば、決して分からぬように始末しましたから、ご安心下さい」

「当たり前だ。あんなつまらん職人ごときに、私の一生をめちゃくちゃにされてたまるか。殺されて当たり前だ」

「しかし、嘉助が何かをした訳では……」

「黙れッ。蟻《あり》の一穴のたとえもあるじゃないか。奴は私の昔を知っている。たしかに些細《ささい》なことかもしれん。しかし、奴は……」

と言いかけて口を閉じた。腹心の部下である儀兵衛にも話していないことがあるようだ。儀兵衛の方もそうと察して、敢《あ》えて問い返さず、

「とにかく、旦那様……この江戸には『黒江屋』という金貸しの店が、何軒も増えることでありましょう。まさしく暖簾《のれん》分け。両替商と違って、町の金貸し屋はあちこちに店があった方が、借りる方も便利というもの。わざわざ蔵前まで来ることはありませんからな」

札差は、御家人の御用札を持って、浅草《あさくさ》の米蔵まで預かりに行くのが本来の仕事。手数料は百俵につき一分。手数料だけなら、大したことはないが、預かり金は両替商よりもたんまりあるから、大名旗本も一目置くほどの金貸しになっても不思議ではなかった。

「ご安心下さい、旦那様。店の数は月に三店舗の割合で増えております。今年中には、百店舗。小さな店でも、江戸中に『黒江屋』があるということで、借りる方も安心します。旦那様の慧眼《けいがん》には、改めて感心しております」

「つまらん世辞はいい。店が増えても貸付額が増えなきゃ話にならん。もちろん、取

わんから、利子を取り立てるのが仕事だ」

「だったら、そうしろ。金貸しは、金を貸すのが仕事ではない。元金《もときん》はそのままで構

「おっしゃるとおりです」

り立て額も、だ」

そこへ、若い番頭の末吉《すえきち》が来た。儀兵衛に呼びつけられていたのだ。

「何か御用でしょうか……」

険しい目で森右衛門がギロリと振り返ると、すでに末吉の手がぶるぶると震えていた。森右衛門はゆっくりと歩み寄ると、町人脇差を鞘ごと帯から抜いて、ガツンといきなり顔を殴りつけた。

恐怖の緊張が走る末吉に、森右衛門は野太い声で責めた。

「なぜ叩かれた。理由を言ってみろ」

「ハ、ハイ。前の月の売上げが……た、足りませんでした」

「だったら死ね」

森右衛門はあっさりと冷たく言い放った。ドキッとなる末吉は、いつ脇差が抜かれるかと兢《きよう》々《きよう》としていたが、その場から逃げる勇気もなさそうだった。

「おまえは、誰だ？」

「は、はい……日本橋『黒江屋』の番頭でございます」

「だったら、おまえが死なきゃ、手代らに示しがつかんだろう」

と森右衛門が、儀兵衛に顎《あご》でコナすと、すぐさま頷いて、短筒を懐から出して、末吉のこめかみにあてがった。

「お、お許しを……」

目を閉じる末吉自身の手に、儀兵衛はその短筒を握らせた。仕方なく、ぶるぶる震える手で持った末吉に、

「引き金を引いてみなさい。運がよければ、明日も頑張れる」

「…………」

「その短筒は弾を二発入れることができる。一発目に弾が入っているか入っていないか……自分の運を試してみてはどうだ？」

末吉はガクガクと膝が崩れて、

「か、勘弁して下さいッ……私にも妻や子供がおりまして……」

「だったら、結果を出すのだな……今回に限り、許してやろう」

とニタリと笑った森右衛門は、末吉の手から短筒を取って、地面に向かって撃った。とたん、バンと鋭く発砲音がして、同時、末吉は腰から崩れて、股間から小便が

洩れた。

　それを見るや、儀兵衛はガツンと末吉を蹴った。

「このやろう！　旦那様の大切な庭を汚しやがって！」

　さらに激しく蹴り続けるのを、森右衛門はしばらく眺めていてから止めて、

「この運、大事にして……せいぜい働けよ、ふひひ」

　その不気味なほど醜悪な顔を、末吉は恐怖に引き攣《つ》って見上げていた。

　そこへ、内海が駆け込んで来た。

「なんだ、今の音は……」

「ああ、これは北町の内海様」

　と森右衛門は短筒を隠しもせず見せて、

「近頃は物騒な輩《やから》が増えましたからね。これで追っ払おうと稽古《けいこ》をしてたのですよ」

「江戸市中で鉄砲を撃つことは相ならぬこと、知らぬとは言わせぬぞ」

「はい。しかし、私は幕府鉄砲方にも指南された上で、許されております。もちろん、お武家のなさいます、〝町打ち〟の真似ではありません。以後、気をつけますので、どうかお見逃し下さいませ」

　丁寧な口調で言うと、儀兵衛に目配せして五両程包ませた。それを押し返した内海

は、

「人を小馬鹿にするのも大概にしろよ、森右衛門」

「私がいつ小馬鹿にしました？」

「幕閣や旗本の中に昵懇《じっこん》な者がいるからと思って、俺を見下した真似をしてると、そのうち大怪我をするぞ……いや、怪我では済まぬから、そう心得ておけ」

内海はそう吐き捨てると、もう一度、睨みつけた。湿り気のある川風が、森右衛門を包むように一陣だけ舞って、吹き去った。

三

その夜、綸太郎は、山下《やました》御門内にある松平定信《まつだいらさだのぶ》の屋敷に呼ばれた。

松平定信とは時の老中筆頭である。

何度か顔を合わせたことはあるが、相変わらず五十過ぎの男にしては清楚で、青年のような顔だちをしている。清廉潔白な御仁であるとの噂が広まっているが、その腹の中は権勢欲が渦巻いていることを、綸太郎は承知している。一度、能楽者白川清澄《しらかわきよずみ》の事件で会ったときに、ひしひしと感じていた。

白川清澄とは、白川流能楽の若き当主であるが、これもまた世を欺《あざむ》く仮の姿。実は、古来より鬼火《ものび》一族の血脈が繋がっているのである。天照大神《あまてらすおおみかみ》の巫女《みこ》を祖とする闇の権力者といわれている鬼火一族は、日の本が開《かい》闢《びやく》して以来、すべての権力者を陰で支援してきた者たちだと言われている。

権力者がいれば反逆者が生じる。その無数の反逆者を密かに始末していたのが、鬼火一族に与えられた〝密命〟だったのである。

そのような闇の一族に命を狙われたこともある松平定信が、一体、何の用で呼び寄せたのか、綸太郎は不気味にすら感じていた。

「ご無沙汰しております」

綸太郎が丁寧に挨拶をすると、定信は淡々とした声で、

「……であるな」

と洩らしてから、じっと見つめ返した。

言うまでもなく松平定信は、徳川御三卿・田安《たやす》家の出で、奥州白河《おうしゅうしらかわ》藩主を務めた後、老中となった。十一代将軍家斉《いえなり》の伯父にあたるが、本来、将軍の座につくべき身分だったにも拘《かか》わらず、時の権力者田沼意次《たぬまおきつぐ》と一橋《ひとつばし》家の当主治済《はるさだ》の奸計《かんけい》によって、幕政から離れさせられていた。

しかし、将軍になる地位でなくなってからは、老中として幕府の中枢《ちゅうすう》に入り、筆頭老中として、後にいう『寛政《かんせい》の改革』を断行していた。天明《てんめい》の大飢饉《ききん》の折は、自領ではひとりの餓死者も出さなかったことで名君と呼ばれ、幕閣に入ってからも農業政策や財政政策、さらには学問など人材養成に関しても、その能力を遺憾《いかん》なく発揮している。

「闇の処刑……処刑人……」

定信はそう呟いてから、さりげなく隣室を見やった。すでに先客がいたようだが、そこに人がいようとは綸太郎は気づいていなかった。わざと気配を消して潜《ひそ》んでいたのであろうか。

「なんどすか、それは？」

不快感を露《あら》わにした綸太郎は、定信を睨むように目を向けたまま、隣室の気配を強く感じ取っていた。

「済まぬ。後先になってしまったが……そこへ控えしは、大目付の柏原《かしわばら》右京亮《うきようのすけ》と目付の金子《かねこ》典膳《てんぜん》である」

薄暗い中で、目だけが猫のように光っているように見えた。綸太郎は一瞥《いちべつ》をしたが、そこに張り詰めている堅い雰囲気に、ふつうの挨拶をしがたいと感じていた。

「闇の処刑人……のことは、綸太郎殿も知っておろう」

「はて……」

「それは異な事。足利の世から、本阿弥家は将軍家の〝守り刀〟と呼ばれていた。それはこの徳川の世になっても同じ事。そして、本阿弥家こそが、古来より、この世の中の傀儡師《くぐつし》である鬼火一族と深い繋がりがあることも承知しておるはずだが？」

「白川流能楽の話なら、嘘か誠か、私にはどうでもよいことどす」

「そうはいかぬであろう……おぬしもまた、好むと好まざるとに拘わらず、その血脈に繋がる者なのだからな。つまり……閻魔の刀を持つ一族だということだ」

「……………」

「まあ、そんな渋い顔をするな。なにも、おぬしに殺しをせいなどとは言うておらぬ」

いかにも、謹厳実直そうな能吏《のうり》然とした壮年の柏原と、まだ若いが切れ味が鋭い刃という感じの金子は、二人とも得体の知れないものを秘めていた。

「ところで、闇の処刑人とは……」

白川家がそうであったように、時の権力者に刃向かう者を葬るというものではなく、〝超法規〟的に処刑する特権を、大目付と目付が持っているということだと、定信は語った。まさに〝闇の特権〟というもので、老中や若年寄ですら始末することができる。

「とはいえ……この泰平の徳川の治世になってから、この闇の特権を行使したことは、まあ、幾度かあるようだが、公式に書き残している訳ではない」

「噂には……噂には聞いたことがありますが……そのようなもの、今の時代に必要なのでございますかねえ。定信様が老中筆頭を務めるご時世に」

と綸太郎が皮肉をこめて言ったつもりだが、定信は笑みすら洩らして頷いた。

「今の時代だからこそ、必要なのだ。御定書《おさだめがき》を改正し、量刑を増やしても、証拠も残さず極悪非道を尽くす者はいる。そやつらは、当然のように法の目をかいくぐり、のうのうと生きておる。そういう輩を闇に葬るのが、闇の処刑人……」

浅い息で聞いていた柏原と金子は、頷きあって、少し膝を進めた。そして、一通の文を差し出した。それは、将軍家を守るための密約であり、本阿弥家、上条家、白川家の先祖たちが、徳川家康に誓約した血判書《けっぱんしょ》であった。

それを目の当たりにした綸太郎は、凝視していたが、真書か偽書かの判別はすぐにはつかなかった。もとより、上条家が、本阿弥家から分かれた〝暗殺部隊〟などということは、綸太郎は承知していなかった。父から授かったのは、刀剣目利きとしての家伝書であって、その他の闇のことなど全く知らない。

むろん、遠い昔にそういうことがあったことは、親戚一党から耳にしている。ゆえに、徳川の治世にあっても特権町人として、諸国往来の手形を出されている。祖先と徳川家のお陰で、綸太郎は刀剣と骨董の鑑定修行のために諸国遍歴した折には、諸大名の世話になったのは事実だ。だからといって、

──おまえは、血塗れた一族の末裔だ。

と言われて、「ああ、そうですか」と頷けるものではない。しかし、薄々と感じていたことだけに、綸太郎には忸怩《じくじ》たるものがあった。

「言うたであろう……」

定信は綸太郎の心の裡《うち》を見透かしたように、

「おぬしの気持ちや善悪などどうでもよいのだ。ましてや、好き嫌いなどは関わりなく、おまえは上条家の血を引いておるのだ。それが宿命といえば、それまでだが……そう言ってしまえば、身も蓋もない。そこでだ」

「…………」

「この二人と密に会合を重ねながら、闇の処刑につき、おぬしにも手を貸して貰いたいのだ。言っていることは分かるな？」

「一向に分かりまへんが……」

綸太郎は否定したが、定信はそれすら無視をして続けた。

「この大目付柏原は、知ってのとおり大名を監視する役目だが、いわば、閻魔の使いでもある……言わずとも分かっておろう？」

「…………」

「そして、目付の金子も同じ……法で裁けぬ者を裁く使命がある。でないと、世の中、悪辣《あくらつ》な奴ばかりがのさばって、綸太郎殿……おぬしが大好きな、哀れで悲しみを抱えた庶民とやらが、守れぬではないか」

と定信は、心にもないことを吐いている。そうとしか綸太郎には思えなかったが、黙って聞いていた。

「儂とて、幕府では最も高い位におるが、法の壁があって、どうしようもないことにぶつかることがある。たとえば……殺しをしても証拠を消してしまった奴はどうする？　〝座頭貸し〟のように法外な利子で金を貸し付けたにも拘わらず、その証が不十分なために、法で裁けない奴はどうする？」

「…………」

「裁く法がないから、そのまま放っておけ、とは言えまい」

「ならば、新たな法を作ればよろしい」

「その法を作るまでに、人々は苦しむことになる。しかも、法が出来ても、それ以前の悪事については裁くことはできぬ」

「それは……」

「であろう？　だから、閻魔の裁量がいるのだ。分かるな」

悪党ならば、問答無用に斬り捨ててよいという考えが、綸太郎にはどうしても理解できなかった。しようとも思わなかった。

たしかに、万死に値する輩はいつの世にもはびこっている。しかし、そやつらとて裁くとしたら、幕府にしかできないはずだ。つまり法に則《のっと》って処刑すべきであろう。

「それができぬからこそ、上条家のような存在があったのだぞ」

「………」

「上条家……京の『咲花堂』本店が、あの世の入り口とも呼ばれる〃六道の辻〃のそばにあるのも是《こ》れ、意味があったこと」

綸太郎はしだいに腸《はらわた》が煮えくり返ってきて、思わず怒声《どせい》をあげそうになったが、かろうじて我慢をした。

「まあ、そうムキになるな。そのことすら見透かしたように、話はこれからだ」

と定信は言って、大目付と目付を見やった。二人は真顔のまま頷くと、

「では、こちらへ……」

と屋敷の裏手にある土蔵に、綸太郎を連れて行った。

四

松平定信の私邸といっても、藩上屋敷である。しかも内堀内ということで、いわば浮き世とは隔絶された場所柄か深閑《しんかん》としていて、鳥の声ひとつ聞こえなかった。

その土蔵は城の本丸とも地下通路で繋がっているらしいが、それが本当かどうかは綸太郎には興味のないことであった。

「ご覧あれ」

と柏原が、その土蔵の奥にある棚から持ち出して来たのは、数冊の綴《つづ》り本だった。それは、定信がいうところの〝閻魔帳〟で、公儀にとって不都合な人物とその所業が書き記されているという。

だが、そのすべてを見せてくれたわけではない。綸太郎は見たくもなかったが、逆にこれだけ、幕府にとって不都合な者がいるのかと思うと、いかに水面下では醜《みにく》い

ことが起こっているのかと驚嘆せざるを得なかった。

むろん、世の中が綺麗事ばかりとは思ってはいない。かといって、闇の権力か何か知らぬが、人が人の命を取ってよいという法はない。それゆえ閻魔の力を借りようと言うのであろうが、為政者としてはあまりにも短絡過ぎると綸太郎は思っていた。

だが、そんな綸太郎でも心に痛みを感じることが、閻魔帳には記されていた。

「この土蔵のことを、我ら数人の者たちだけが、閻魔の館と呼んでいる。もちろん上様も知らない。まあ、これは冗談として……」

と柏原は冊子を開いて見せながら、

「今般の生《い》け贄《にえ》……これまた言葉が悪いですかな……此度の咎人《とがにん》は、札差『黒江屋』の主人、森右衛門という者だ」

「黒江屋森右衛門……」

「名くらいは聞いたことがあろう」

「あまりよい噂は聞きまへんが、この人が咎人とはどういうことどす？」

柏原は小さく目で頷くと、閻魔帳を繰りながら、ぼそぼそと語りはじめた。

「札差仲間の肝煎《きもいり》筆頭を務めている者で、年に三万両は稼ぐと言われてる男だ。まあ大名並だが、これから先ももっと稼ぐであろう。札差とて商人ゆえな、稼ぐのは勝手。だが、そのやり口に過ちがある」

「過ち、どすか」

「知ってのとおり、札差は百九人しかおらぬ。この札差仲間は、こやつらの利権を守るためというよりは、幕府が統制をするための方策だ。つまり、十八大通《じゅうはちだいつう》などと浮かれて、贅沢三昧をする札差を叩き潰すためでもあった」

「…………」

「この札差たちは三組に分かれ、それぞれに行司がおって、お互いが業務を見張りあうことになっている。不当な利子で貸し付けたり、無法な取り立てをしていないかなどを見極めるためだ。ところが……」

と柏原は定信の方をちらりと見て、

「こやつめは、御三卿の田安家や一橋家などとも関わりがあることを笠《かさ》に着て、江戸のあちこちに出店を作りおった」

「出店……」

「ああ、両替商だ。そして、広く浅く、人々に無担保で金を貸すことをはじめたのだが、これが色々な弊害を生んでいることは、おぬしも知っておろう」

「……敢えて借金苦の者を作って、娘を女衒《ぜげん》に売り飛ばしたり、男なら金山銀山に送り込むという、あれどすか？」

「さよう。金貸しが金を貸して、その利子を受け取るのは当たり前だが、その利子が年六割という法外なものなら、話は別だ」

「そんな暴利をしているのならば、それこそ御定法をもって捕らえ、裁けるのではありまへんか？」

「そのとおり……しかし、奴は……森右衛門は、そこをうまくやっている。金主《きんしゅ》、つまり金の出所は、自分ではなく、諸国の寺社にしている。返さねばバチが当たると脅し文句を言って、それでも返さなければ、利子を重ねるという阿漕《あこぎ》なことをやっているのだ」

「そこまで分かっているのならば、まさに法で裁けるではありまへんか？」

「うむ。それだけならば、できなくはない」

口を挟んだのは定信だった。

「しかし、森右衛門は、どうやら国中の闇金を扱う一派と繋がっており、いわゆる表には出ない金を、不法なことをする輩に回している節があるのだ」

「それまた、調べて燻《いぶ》り出せばよいことではありませぬか？」

綸太郎が半ばムキになって反論すると、定信は冷静に見つめて、

「さっきも言ったが、それで、困った者がいつになったら救われるのだ？」

「………」

「病は元から絶たねばならぬ」

当然のように強い語気で吐き出すように言った定信に、綸太郎は益々、不快な気分になって、苛立ちを隠せなかった。

「ならば、聞きます。その森右衛門とやらを闇で始末せねばならぬ訳は？　きちんと法で裁かず、闇処刑する、その訳は」

すると目付の金子が近づいて来て、闇の中で輝く瞳で睨みつけるように、

「神田佐久間町《かんださくまま》の大工一家惨殺《ざんさつ》事件、それを暴こうとした瓦版屋《かわらばん》鬼吉《おにきち》の不審な溺死《できし》事件、それらの探索をしていた火盗改方与力・富川文兵衛《とみかわぶんべえ》の切腹……これらの裏で手を引いていたとすれば、どうだ？」

「町方の探索が、引き続きやるべき話やと思いますが？」

「ところが、どこをどう探っても、肝心な所には行きつかないのだ……」

と金子は苦虫を嚙み潰したまま、

「つまりは、すべての事件が、巧妙に仕組まれているからだ。大工一家は、町方の一切の文書からも抹殺されている。瓦版屋の鬼吉は、元は『黒江屋』の手代で、森右衛

門の身近に深く食い込んで、その素性をよく知る者だった。さらに、火盗改方与力の富川は、その探索中に、『黒江屋』から多額の借金があることを苦にして自害した……ということになっている。富川は、公儀役人でありながら、『黒江屋』からの借金で苦しむ人々の世話役まで買ってでていた……もちろん、富川は『黒江屋』から借金なんぞしていない……ハメられたのだ、森右衛門にな」

一気呵成《いっきかせい》に喋《しゃべ》った金子を見据えて、綸太郎は短い溜息をついた。

「証拠はないんどすか、黒江屋森右衛門がそこまで悪さをしてるっちゅう」

「何ひとつない……」

さらに金子は続けた。

「かつて奴は、小さな質屋に目を付けた。これも鑑札がいる仕事なのだが、そこの後家をたらし込んで自分が主人に収まった。元々は、ごろつき同然の男だったとか」

「…………」

「だが、クソ度胸だけはあったようで、どこでどう繋がったのか、札差『黒江屋』の養子として転がり込んで、先代が死んだ後に、森右衛門と名を変えて主人に成り上がった……ありがちだが、先代主人を殺した疑いもある」

綸太郎は暗澹《あんたん》たる思いで聞いていた。自分が何かで成り上がるためには、どんなに他人を傷つけても平気な奴がいる。森右衛門もそういう男なのかもしれないが、まだ綸太郎が面と向かって会った訳ではない。

——権力者の方が一方的に話しているだけのものだ。

ということを肝に銘じながら、綸太郎は聞いていた。

森右衛門という男は身近な者たちにすら、本心を見せる人間ではないという。だからこそ、少しでも〃反逆〃の姿勢を見せると徹底的な仕打ちをした。その乱暴さは、周りの者が見ていても震え上がるぐらいの残虐なものだという。

ひれ伏す番頭に短筒を向けたり、木刀で殴りつけたり、拷問さながらに爪を剝《は》いだりもする。それでも、まるで教祖のように祭り上げられる森右衛門に、逆らう者はほとんどいなかった。使用人たちにとっては、ただただ恐怖だったからである。

とはいえ、忠実であれば、過分な報酬が貰えるし、店の中での地位も上がる。やがては〃暖簾分け〃をして貰って、さらに富をむさぼることができる。

「強引なやり口で、客を広く集め、店舗も拡大して、一端《いっぱし》の大店のようになったが、そのほとんどは私財にしている……そのことを番頭や手代らは知ってか知らずか、言いなりになっている。まさに金の亡者だな」

と金子が言うと、柏原が続けた。

「そのためには、自分にとって不都合な者は、ただ気に入らない、それだけで虫けらのように殺すのです」

「店を辞めることは出来ないのどすか」

「そんなことをすれば……大工一家のようになる……あれはいわば見せしめ……手代たち、特に出店の奉公人たちはその恐怖のために、言いなりになっているのだ」

「大工一家……なぜ、関わりが……」

　綸太郎が尋ねると、金子は分かりきっているとばかりに薄笑みを浮かべて、

「その大工の弟が『黒江屋』に奉公していたのだが、取り立て役が嫌で店を辞めようとしたのだ。それが仇《あだ》となった……つまり、店を辞めるってことは、親兄弟もそんな憂き目に遭うぞという脅しだ」

「さよう。その恐怖心が、そのまま債務者に向かうのだ」

　と柏原は続けた。

「その根元である森右衛門を、証拠がない、という一点で放置するのは、むしろ公儀の怠慢《たいまん》だと思っておる」

　綸太郎は暗がりの中で静かに見守る定信を見て、険しく眉をしかめて、

「――闇の始末、か……そのために、〝天国閻魔〟が欲しいのどすか？」

この刀は、持ち主だった龍海和尚がいなくなり、〃閻魔堂〃が閉じられてから、本阿弥家本家が鑑定して後、綸太郎が預かっていた。

「つまりは、閻魔のせいにして葬る」

「……………」

「図星のようどすな。そうでもないと、天下の松平定信様が、俺を呼びつけることなんぞ、あらしまへんやろ」

皮肉で言ったつもりだが、定信は毅然と頷いた。

「仮にその刀を預けても、誰が扱うのどす？　まさか大目付様や目付様が自らの手を汚すとは到底、思えまへんが？」

「それには、うってつけの相応しい男がおる」

定信はにんまりと微笑して、土蔵の奥を見やった。江戸城と秘密裏に繋がっているという地下路だ。

「この先に何が……？」

怪しげに見やる綸太郎に、定信は当然のように頷きながら言った。

「言うたであろう？　ここは、閻魔の館、だとな」

洞窟の中は、呻《うめ》き声が響いていた。

定信の屋敷の土蔵の奥に、まるで牢屋敷の独房のように狭い一角があった。その檻《おり》の中に、膝を抱えてぶるぶる震えている男がいる。まるで獣が獲物を捕らえる寸前のような煮えたぎっている震えである。

薄手の着物の上からでも、その腕、胸、腹などは、筋肉が隆々のたくましい肉体であることが分かる。

「この男だ」

と柏原が言うと、檻の中にいた男は、凶悪な目つきで、振り向いた。その目はまさに狼か野良犬のようで、今にも牙《きば》を剥《む》いて飛びかかって来そうだった。

「この男の名は……権堂俊之助」

「権堂……？」

綸太郎は何処かで聞いたことのある名だと思った。

「む？　知っておるのか？」

金子がそう訊いたが、綸太郎は俄には思い出せなかった。ギラギラした目つきをしている権堂から思わず目を逸《そ》らした綸太郎は、脳裏の片隅に苦々しい光景を浮かべた。

峰吉が見たという閻魔の前で首吊りをさせられた男の顔である。同じ夢を見た綸太郎はさほど明瞭に覚えていたわけではないが、なぜか権堂という男を見て、その姿が蘇《よみがえ》った。そして、一瞬の光のように閃《ひらめ》いて、

——そうか……権堂俊之助という名も夢の中でのこと。ということは、あれは正夢だったのか……？

不気味なくらいに目が光っている権堂を改めて見直すと、凶悪という顔つきでもなかった。檻の中にいるから、実物よりも恐ろしく見えたのであろう。

「権堂俊之助……こやつは、本郷本妙寺《ほんごうほんみようじ》裏にある『孔武館《こうぶかん》』という町道場で師範をしていた、中西派一刀流《なかにしはいっとうりゆう》の使い手だ」

この流派は小野派一刀流から分派したもので、直心影流《じきしんかげりゆう》同様に面や小手をつけて、竹刀で打ち合う稽古を取り入れて、門人を広く受け入れていた。一刀流は木刀や刃引きの真剣を使って組太刀《くみだち》をしていたが、竹打《たけう》ちで初心者に剣術の基本を身につけることに力を入れていた。武芸者の中には、

「軟弱な剣法があったものよ。女子供であるまいし、これでは役に立たぬ」

と陰口をたたく者もいたが、それに反して道場は繁盛し、竹打ちでみっちり体や技を作っているうちに精神も鍛えられ、組太刀をする頃になると、間合いや呼吸がうま

くなって、他の道場に負けぬ〝目付け〟が養われ、真剣勝負でも一瞬を見切る達人になっていた。

権堂俊之助は道場一の手練《てだ》れで、他流試合も沢山行っており、上様の上覧試合はもとより、諸藩の御前試合などでも常に上位にいた。

「この男は、事もあろうに、ある女を犯して金を奪った。武芸者にあるまじき行いをして、本来なら死罪のところ、その栄《は》えある業績に免じて、終生遠島となった」

金子が話すのを綸太郎は黙って聞いていた。

「だが、島送りの船が難破し、伊豆に流れ着いたところを漁師に見つけられ、下田奉《しもだぶ》行《ぎょう》を通じて、江戸まで送り届けられたのだが、物忘れをしておった……自分が誰かも分からなくなり、記憶がなくなっていたのだ」

「記憶が……」

「さよう。御定法では、刑は一度されると二度と執行されない。たとえば……仮に、架刑して、槍で突いたとする。当然、死ぬのを確認して、引きずり下ろし、棺桶《かんおけ》に入れる。だが、その後、万が一、息を吹き返したらどうするか」

「…………」

「その処分は、御定書には記されていない。本来ならば、『法の執行は目的を達するまで行うものだ』という不文律《ふぶんりつ》がある。ゆえに、もう一度、執行しても構わぬはずだ……だが、前例として、一度、刑を科したということを理由に、解きはなったとある」

「まさか……」

「生き返ったらどうするかは……老中の権限であるから、松平様は敢えて処刑を繰り返さず、閻魔の使いにすることに決めた」

金子がそう言ったとき、突然、「わああ!」と権堂が雄叫《おたけ》びを上げた。

綸太郎は思わず身を引いたが、金子は冷静に、

「ただひとつ問題が残った……今も言ったが、流刑の途中で嵐に遭って岩で頭でも打ったのであろう。その衝撃で、この男は記憶がなくなっている。まさに獣……になったようにな……」

「………」

沈黙のまま時が流れた。その静寂を破るように定信が呟いた。

「だからこそ、逆に言えば、自由に使うことができる。どうだ、綸太郎……この男、おまえに預けるから、使うてみぬか?」

柏原と金子もじっと見ている。

「ふん……冗談やない……」

綸太郎は改めて、檻の中の獣を凝視した。その目は必死に綸太郎に何かを訴えているようにも感じた。だが、そんな危ういことをやすやすと引き受ける筋合いはない。

ただ、野放しになっている不正や悪に対する憤怒に近い感情に火が点いたことだけは確かだった。

――閻魔の刀……か。

とんでもないものを預かったものやと、綸太郎は今更ながら悔やみながらも見えない力につき動かされようとしている自分に気がついていた。

五

その日も、札差『黒江屋』の店内では、激しい怒声が飛んでいた。

森右衛門が容赦なく手代たちを木刀で叩きのめし、手当たり次第、壷や薬缶《やかん》で殴り飛ばしていた。もちろん、客の前では平身低頭で、優しい顔の森右衛門だが、奉公人に対しては鬼の形相だった。

もちろん、これが地金であるから、金を返さない者たちには、奉公人と同じような目に遭わせるのである。しかも、人目につかぬようにひっそりとやるから、誰も気づいてはいない。

平助《へいすけ》という神田の出店の主が、直立不動で立っていた。帳場でだらりと足を投げ出して睨んでいる森右衛門の目は、怒声とは逆に淡泊《たんぱく》な目つきで、

「聞こえねえな。もう一度、言ってみな」

「は、はい……申し訳ありません……翌月こそは必ず……もう少しなんです！　なんとかできますので！」

年は森右衛門よりも一回りくらい上の平助である。だが、使われる身分としては、平身低頭するしかなかった。

「申し訳ありませんと言ったよなあ。なのに、どうして言い訳なんぞをするんだ？　そんな奴は信頼できんな」

「旦那様！」

森右衛門は面倒臭そうに、ゆっくりと溜息を吐き出しながら、

「もういい、帰れ……おまえのツラなんぞ、いつまでも見たくはない。だがな、後は何があっても、知らんぞ」

ガクガクと膝が崩れる平助は、他の手代たちに引きずられるように表通りに追い出

された。平助は何度も店を振り返って、すがりつくように手を合わせたが、

「諦めな。おとなしく姿を消した方がいい。でねえと、おまえの女房子供も……ほれ、あいつみたいになるぞ」

と儀兵衛に耳元でささやかれたので、おとなしく立ち去るしかなかった。

血の気がまったくなくなった平助は、行く当てもなく、町中をさまよっていたが、それを見ていた内海はそっと尾けはじめた。他に店の用心棒らしき浪人が二人、平助を追っている。

——ふむ。人気がなくなった所で、バッサリと斬る寸法か？

内海はそう思いながら、さりげなく平助と間合いを取って歩いていくと、ふいに路地に入った。思わず内海も駆け込むと、既に用心棒二人が、抜刀して平助に斬りかかっていた。

とっさに十手を投げつけてから、

「てめえら、見たぞ！　覚悟しやがれ！」

怒鳴りながら刀を抜き払うなり、平助を庇《かば》って立った。用心棒は構わず斬り込んできたが、内海もかなりの手練れである。二人を相手に激しく打ち合ったが、用心棒の方は敵わぬと思ったのであろう。すっと刀を引くと、あっさりと逃げ出した。

「ふん……逃げたところで、『黒江屋』の用心棒ってことは分かってる。いずれ、お縄にしてやるぜ」

と吐き出した内海は、その場でうずくまっている平助の腕を取って、

「ちょいと自身番まで来な。色々と言いたいこともあるだろう。悪いようにはしねえから、話を聞かせな」

「あ、いえ、私は……」

明らかに森右衛門の仕返しを恐れている態度だったが、構わず内海は最も近い自身番に連れ込んだ。

奥の板間に上げて、外から声が聞こえぬように襖《ふすま》を仕切ってから、

「大丈夫だから、ぜんぶ話してみな」

と優しい声で言った。

「そんなに主人が恐いか」

「…………」

「黒江屋森右衛門……奴は色々と悪事を重ねてきてる。俺が探索している嘉助ってい う蠟燭職人の一件も、奴が一枚嚙んでいるのはたしかなんだ。ひとつの殺しで挙げることができりゃ、他の悪さもずるずると引っ張りだせる。そうなりゃ、おまえが怯え

て暮らすことはねえんだ」

「でも……」

「安心しな。おまえは、出店の主を任されたものの、儲けが足りないから、こんな目に遭ったんだろう？」

と濡れ手拭いで、血だらけで腫《は》れた傷口を拭いてやった。平助は申し訳なさそうに俯いていたが、何度も安心しろと言われて、少しだけ森右衛門のことを暴露しようという気になったのか、安堵したように穏やかな目に変わった。

「嘉助はな、森右衛門とは古い仲間で、奴の正体を知ってたから、殺された節があるんだ。昔のことなんざ話す気はさらさらなかったが、今は江戸で屈指の札差だ。つまらねえ昔のことがもとで、商売が傾いてしまっちゃ面白くねえ。だから、再会した途端に殺したんだよ……ああ、森右衛門とはそういう奴だ」

「は、はい……」

平助はそれでも、おどおどしたように頷いてから、

「旦那様は、そりゃ厳しい人です……一文の間違いがあっても、爪を剝ぐような厳しい人です……でも、商人ですから、金の出し入れに間違いがあっちゃいけません……それは、先代からのことですので……」

「それにしても、度を越してると思うが？」

「はい。でも、私たちは……恥ずかしい話ですが……私たち自身が、旦那から金を借りております。ですから、女郎屋の遊女のように、すべてを返し終わるまでは、奉公をやめることができません」

「そんなことまで……」

内海は呆れ返って、情け深い目でみやって、

「だから、言うことを聞くしかねえのか？　それにしても、えげつないじゃねえか」

「でも、それが暗黙の……了解というやつなんです」

「さっきの話だが、嘉助について聞いたことはねえか？」

問いかけられて、平助は少し言い淀《よど》んだが、決心をしたように、

「一度だけ、聞いたことがあります。内海の旦那がおっしゃるとおり、嘉助は面倒な奴だ。あいつに生きてられたら、厄介なことになるって言ってました」

「それは、どうしてだい」

「嘉助って人は、どうやら……」

「どうやら？」

「うちの旦那が、先代を毒殺したことを薄々感じていたみたいで、そのことで脅しを

かけていたようなんです」

内海の驚きはさほどではなかったが、平助の証言だけでも、嘉助との繋がりをハッキリさせることができる。その上で、他の奉公人に対する〝虐待《ぎやくたい》〟を暴くことができれば、今までお蔵入りになっている事件も、再び探索しようと奉行所も本腰を入れるに違いない。

そう思った内海は、丸一日かけて、じっくりと平助から話を聞いたが、まさかそれが仇になろうとは思ってもみなかった。

自身番で、平助が知り得た『黒江屋』の不法な貸し付けの話を、正直に話している間に、平助の女房と子供が、何者かに殺されていたのである。

愕然《がくぜん》となった内海だが、それこそ森右衛門の仕業に違いないから、奉行所で正直に話せと平助を説き伏せようとしたが、もはや聞く耳を持たなかった。それどころか、平助自身、姿を眩《くら》ましてしまった。

六

辰《たつ》ノ口《くち》評定所にて、町奉行から報せを受けた柏原は、金子とともに項垂《うなだ》れていた。

「また出たな。見せしめの死体が」

「ああ。一刻の猶予《ゆうよ》もならぬ」

二人はすぐさま松平定信に会って、直ちに黒江屋森右衛門に、閻魔の刀を浴びせるようにと進言した。

「でないと、またぞろ関わりのない、罪のない人間の命が奪われますぞ」

柏原が切羽詰まった声で迫ると、定信は既に決意しており、厳しい目で頷いた。

「やむを得ぬな……あやつを使うしかあるまい」

松平定信の屋敷内の土蔵に閉じこめられていた権堂を、柏原が連れ出した。己が誰かも分からない状態で、もう何日も闇の中に置かれていて、頭がおかしくならない方が不思議だった。

「——俺は一体何をしたんだ……どうして、こんな所にいるんだ……」

屋敷の奥座敷に連れて来られた権堂は、貴人から自分の名を告げられた上で、

「儂の顔も覚えておらぬか？」

と尋ねられた。権堂は首を振るだけであった。まったく忘れている。頭の芯が痛くなって、叫びたくなるのをようやく我慢している状態であった。

「儂は……老中筆頭の松平定信である。それでも、覚えはないか」

「御老中……？」

その言葉は忘れていない。記憶をなくした者は、自分が誰か、過去はどうだったか、周りの者が誰かということは忘れても、〝一般名詞〟などは覚えている。煙草《たばこ》や茶、着物や帯、足袋《たび》や扇子、米や芋《いも》など衣食住に関わるものは忘れないという。

「おまえは、儂の密偵だったのだ」

嘘である。定信が権堂を思いのままに操るために、記憶がないことを利用して、そう思いこませようとしているのである。

「おまえは、ある事情があって、ここに匿《かくま》われている」

「ある事情……俺は咎人ではないのか？　だから捕らえられていると、誰かが言っていたような気がするが……」

「はてさて、それはどうかな？　おまえは儂に課せられた重い任務があったからこそ、ここに潜んでいたのだが、まあ、追々、分かることだ」

「お願いだ。今、話してくれ。俺が何者なのか。一体、何をしたのか……そして、今度また、何をさせられようとしているのか」

獣のように唸ってばかりいた権堂が、縋《すが》るように定信を見つめた。人間、己が何者か分からぬことほど恐いことはない。その切実な顔を見て、定信はほんの一瞬、情け

をかけようとしたが、自ら制して、

「おまえには、人に言えぬ務めがあったのだ」

「人に言えぬ？　なんだ、それは」

「とにかく……ゆっくりと教えてやるから、湯にでも浸かって、体を清め、心を穏やかにするがよい……おまえは、この屋敷にずっといてよいのだぞ」

「……ここに？」

「そうだ」

ぬっと立ち上がった権堂は、決して小柄ではない松平定信を見下ろすほどの巨漢だ。まさに武芸者になるべくして生まれてきたような男であった。

——こやつなら、閻魔の刀を扱うに不足はあるまい。

と定信のみならず、柏原や金子も思っていた。

一風呂浴びて後、中庭に面した離れに通された権堂は、数人の家臣に見守られながら、豪勢な食事を与えられた。人の目が気になって、食うにも落ち着きがない。しかし、何日も、それこそ獣並みの食事しか与えられていなかったので、権堂は人間らしい扱いをされて、気持ちが落ち着いてきた。

これもまた定信が計算をしていたことであった。

「民は国の本。だが、民は愚かであるから、仁政《じんせい》を施して恵んではならぬ。生かさず殺さずが救民の法なり」

というのが口癖だった定信である。政事を成功させるためには、百姓の統制が一番だと、為政者として痛いほど分かっていた定信は、決して民を甘やかさなかった。

事実、町人や百姓には質素倹約を奨励し、風俗の取り締まりを強化した一方で、武家の五年を過ぎた借金は帳消しにする棄捐《きえん》令を出したほどである。お陰で、破棄された債権は百二十万両近くに上り、武家は助かったが、札差の中には莫大な損害を被ったものもいた。だから、『黒江屋』のような札差が、

――侍だけが、いい目をみやがって。

との思いで、別の手立ての金儲けを考えたとも言える。それゆえ、森右衛門のような傍若無人《ぼうじやくぶじん》の商人が生まれたのは、武家ばかりを庇《かば》い続けた定信の政策のせいだと、倫太郎は密かに思っていたくらいだ。

「ここは本当に松平様のお屋敷で、あなた方は本当に家臣なのですか」

周りの家臣に尋ねたが、そうだとだけ答えて、余計なことは言わなかった。定信から、会話は慎むようにと命じられていたからである。直《じか》に話をするのは、定信自身と柏原と金子くらいであった。

「疑うのならば、儂の家臣の一人として、屋敷から出て、江戸城内を案内してもよいぞ。さすれば、何かを思い出すやもしれぬ」

「何かを……」

「ああ。何かをな」

思い出されてはまずい。この男は、ただの咎人なのだ。

「この離れのことも、思い出さぬか？」

と定信が直に権堂に訊いた。

「…………」

「おまえは、儂の密偵で、この離れを使っていたのだ」

「ここを……」

「さよう。隠密《おんみつ》として、諸藩を渡り歩き、色々と骨も折ってもらった。すべて人に言えぬ仕事ばかりだが、時には〝殺し〟もしていた。何しろ、公儀の隠密なのだからな」

「…………」

「まったく覚えておらぬか？　おまえが三年ほど暮らした部屋なのだぞ。自分でもその手を見れば分かるであろう。それほどの剣胼胝《けんだこ》があるのだ。密偵だということも疑うか」

「剣胼胝……密偵……」

「さよう。おまえは儂の有能な手下だったのだ……剣も頭も鋭く切れるな」

権堂は首を振って、

「──信じられない。その俺がなぜ、咎人なんぞに……」

と訝《いぶか》るのへ、定信は淡々と言った。

「今は言えぬ……おぬしが、そうなったのも、儂のせいかもしれぬからな。だが、思い出せないのなら、いずれ話す必要があるかと思うが……今は我慢するのだな」

「……………」

「ゆっくり、思い出してみればいい。二、三日すれば、何か思い出すかもしれぬ」

そう優しい言葉で言って、定信は一冊の文書を手渡した。

「なんですか？」

「そこには……今度のおまえの使命が書いてある」

「使命……」

「闇の処刑だ」

定信は当たり前のように言ってのけた。

「……やみの、しょけい？」

「そうだ。まあ、飯を食い終えたら、じっくりと読んでみればよい。おまえが……今までも、何度も何度もやってきたことだ」

権堂は言われるがままに、その文書を紐解《ひもと》いてみた。

そこには、札差『黒江屋』がいかに残忍な男で、今まで、どれだけの罪なき人間が犠牲になってきたかが、克明に書かれていた。そして、証拠がないために、のうのうと生きていることも記されてあった。

事実を知るたびに、権堂の頭の中は、何かにせっつかれるような感覚が広がって、逃げ出したくなったほどだ。

「俺が、闇の処刑人……なんだ、それは……」

自分の掌《てのひら》をしみじみと見た権堂は、胸の中が激しく渦巻いた。

「この手で人を殺せというのか……!?」

頭を抱えて叫びたくなったが、必死で自制して、ずっと使っていたとされる文机や戸棚を開けてみた。

古い帳面や筆、老中が直々に出した幕臣としての委任状や、寺社領のものや町年寄が出したものなど、様々な身分を表す道中手形が入っている。ひとつひとつを丁寧に見てみるが、まったく覚えていない。

「どうやら、密偵として、身分を欺《あざむ》くためのものだったようだな」

と思った。だが、それ以上のことは分からなかった。権堂俊之助というのも偽名かもしれないが、己の名すら覚えていないのだから、頭の中は同じ苛立《いらだ》ちが堂々巡りをして、痛みが溜まるだけだった。

権堂の名は実名である。定信がそのままにしておいたのは、万が一、名を思い出し、道場に出向くことがあっても、

――密命があった。

ことだけは疑うことがないよう、今のうちに刷《す》り込んでおくという狙いを達成するためである。それが成功するかどうかはともかく、権堂は他の手がかりを求めて、あちこち探し回ったが、己の内面に繋がるめぼしいものはなかった。

まさに、悩める獣というところか……。

そんな姿を、庭にある竹林の中の隠れ部屋から見ていた柏原と金子に、

「利用できるだけ利用して、あとは闇に葬る……つもりどすな」

と綸太郎の声がかかった。突然のことに凝然と振り返った柏原たちが、いつの間にいたのだと半分怒りの顔になったが、

「驚くことはあらしまへんやろ。俺も、天下無敵の筆頭老中様に、その獣の扱いを命じられたのやさかい」

そう呟くように言った綸太郎の目には、先日、見たような嫌悪や迷いはなかった。上条家の総領としての本分が滲《にじ》み出てきたような、己が持って生まれた宿痾《しゅくあ》を背負った顔つきで、

「これを……」

と錦繍《きんしゅう》の鞘袋に入ったままの〝天国閻魔〟をそっと差し出した。

「この刀は、並の者が手にして抜くと、一瞬にして自分ではない何かが憑依《ひょうい》して、災いをもたらすのどす。自分にも他人にも……ですから、戯《さ》れ事でも、刀を抜くなどということはしませんように」

「大袈裟なことを言う」

「よろしいおすな。決して、悪戯《いたずら》心を起こしてはあきまへんで」

綸太郎がもう一度、念押しをする目が能面のようで、大目付と目付という幕府の最高決定機関・評定所の〝裁判官〟という立場にありながら、二人は凍りついたように動けなかった。

「！……さすがは上条家の御曹司《おんぞうし》。恐れ入るな」

柏原がそう言うと、綸太郎は淡々と、

「これもまた使命でおますやろ？　しかし、刀と同じで、人も使い方を間違えると、己に災いがかかってきまっせ」

「………」

金子もごくりと生唾《なまつば》を飲んで、綸太郎から錦繍の鞘袋を受け取りながら、

「しかし、奴が記憶を取り戻したら、どうする。とても、おまえの……いや、我々の言いなりになるとは思えないが」

「請け負った上は、その時の手立ても考えておます」

「それはなんだ。殺す……とでも言うのか」

「俺が手を出さんでも、その〃天国閻魔〃が手を下しまっしゃろ」

「こ、これが……」

改めて、恐れおののく目になった金子は、少し震える腕でしっかりと刀を抱えた。

「と……とにかく、早く結果を出さねばならぬのだ」

「分かってます」

と綸太郎はきっぱりと、自信に満ちたまなざしで断言した。

「権堂は、必ず、私たちに従いますやろ」

「なぜ、そう断言できる」

「奴自身が罪を犯した咎人だからです」

「？……」

「咎人のほとんどは、自分なりの『正義感』を持っていることが多いのどす。もちろん世間の価値とは違うこともありますやろうが、己が間違ってるとは考えまへん」

「うむ。知ったふうなことを」

柏原が小馬鹿にしたように冷笑を浮かべたが、綸太郎はまったく意に介さず、

「そやけど……そのツボが刺激されれば、善悪が逆転しますのや。嫌な翳《かげ》を持つ人間あるいは己の中にある悪を、絶対に許せないという強い思いに駆られます……そこが〝天国閻魔〟の恐いところどす」

権堂を見やる綸太郎の目が、もう一度、鈍く光った。

七

改めて綸太郎が権堂の部屋を訪ねたのは、その翌日のことだった。

ここ松平定信の屋敷だけが、季節から取り残されたかのように、彼岸桜が咲いてい

た。とうに桜が散っている。ましてや彼岸桜は、文字通り彼岸の頃、葉が出る前に早咲きするものだから、あまりにも遅すぎる。

「今年は例年になく寒かったからな……」

というのが定信の言葉だったが、それに加えて、

「闇の処刑は冷たく暗いもの……彼岸桜はまさにうってつけじゃ……『極悪人彼岸に花向けする悲願、かなえて人の鬼手折るかな』……ふむ。拙《つたな》い歌だ」

「かなえて……は、叶えると鼎《かなえ》をかけてるのどすな？　人の心の中には、誰でも鬼が住んでおります。その鬼を自分で折ることができないならば、閻魔さまに折ってもらうしかあらしまへん、か」

「そういうことだ」

定信がにんまりとするのを受けて、権堂に接した綸太郎は、初めてものを習う子供に接するように、

「どうや。決心はつきましたか？」

「ああ……『黒江屋』の主人は、ろくでもない野郎だ。そのことは、色々な綴《つづ》り文を読んで、よく分かったよ。法で裁けぬ奴だってこともな……しかし、今の俺には、奴を葬るなんて、できそうもない」

「なんでです？」

「……自分が誰か思い出すまで、待ってくれぬか」

「その間に、何人もの罪もない人間が死ぬことになるかもしれへん。それを阻止《そし》するのが、権堂はんの務めとちがいますか。その腕前でなきゃ、〃天国閻魔〃は扱えへん」

「………」

「ええか、権堂はん……私憤《しふん》で殺すんじゃないのや。これは、あなたに与えられた任務なのや。否《いや》が応《おう》でも、彼岸桜を咲かせなあかん。世のため人のためにな」

「いや、しかし……」

自分は剣の達人かもしれぬが、人を斬ったことがあるかは分からない。いや、自分が剣を振ってみた感覚では、人は斬っていないというのが正直な思いだというのだ。

綸太郎はわざと怒った口調で、

「甘ったれるんやないで。おまえさんが物忘れをしてようが、なんだろうが、そんなことは関わりない。やらなきゃならんことや……それが嫌なら……」

「嫌なら……」

「あの薄暗い檻の中に戻って一生、暮らして貰うまで」

「!?――」

「すべてを思い出せば、御公儀の秘密とやらも漏らすとも限らへんからな……これはわたしの言葉じゃなく、御老中がそう考えてはるというこっちゃ。そういう重い使命を持ってる。ええな」

と綸太郎は厳しく言ったが、その目の奥に燦《きら》めく光は、どこか優しい。権堂はそう思って、この男を信じてみようと感じたようだった。


札差『黒江屋』の店先に、髭《ひげ》をさっぱりと剃《そ》り、髷《まげ》を綺麗に結った商人姿の権堂が立ったのは、その翌日の朝だった。

この店では、毎日、朝礼を欠かさないが、帳場の前に立った森右衛門の前に、番頭や手代ら奉公人が土間に控えて、一斉に声を揃えて、暗記した〃家訓〃を大声で合唱することになっている。

「旦那様が一番！　奉公人が二番！　親兄弟は三番！　滅私奉公《めっしほうこう》に徹します！」

「黒江屋は日の本一番！　旦那様も日の本一番！」

「人は金なり。人を人と思うな、金と思え」

などと荘厳な雰囲気の中で声を揃えているが、権堂も一緒になって、しかも正々堂々と大声で唱えていた。帳場の森右衛門の目に留まらぬはずがなかった。

ひとしきり家訓を繰り返して士気を高めた後、

「おい……そこのデカいの、新顔だな」

「はい。町年寄の喜多村《きたむら》様よりご紹介にて、番頭さんを通じて、今日からご奉公が叶いました。よろしくお願い申し上げます」

「……ふむ。威勢がよいな……後で、私の書斎に来なさい」

「よろこんで」

開店前に、店内や店先の掃除をするのも、当然、奉公人の務めである。懸命に丁稚《でっち》のような仕事をこなしてから、森右衛門の部屋に行くと、既に町年寄からの紹介文を広げて、主人が待ちかまえていた。それはもちろん、定信が手を回して作ったもので、偽造したものである。

「上方では、随分と立派な大店《おおだな》ばかりを渡り歩いたのだな。滅私奉公で一生仕えるのが武家でなくとも、商人の生き様だが、何故に、このように?」

「私の才覚を買ってくれる方が多かったからです」

「才覚な……それを金で売っていたということか」

「私が売ったのではなく、買ってくれたからですな」

「ほう。そのおまえが、なぜうちに? おまえの商才なんぞ買った覚えはないが」

と森右衛門は怪しむような目で見やったが、権堂は平然と素直に答えた。

「旦那様の考えに共鳴したからです」

「わしの？」

「富を蓄え、人々のために使うなどということは妄想《もうそう》。稼いで稼いで稼ぎまくる。私は、そんな旦那様の考えに共鳴したのです」

「…………」

「ですから、私の才覚を利用して、もっと稼ごうではありませんか」

「私はねえ……理屈をこねる奴は好きじゃないのだ」

「…………」

「だが、その野心は買ってやるよ」

と煙管《キセル》をくわえた。それに種火を近づけながら、権堂は「どうぞ」と言った。

「ほう。気もきくんだな」

次の瞬間、種火を森右衛門の顔面に投げつけた。同時、「うぎゃ！」と目を閉じた森右衛門の首をぐいっと締めつけながら、背後に回った。

「!? ウグッ……」

みるみる紅潮して悶絶《もんぜつ》する森右衛門に権堂が〝天国閻魔〟を抜こうとしたとき、

「そこまでだ、おい！」

と中庭から、儀兵衛が短筒で狙っていた。儀兵衛は凶悪な目で、

「何者だ、おまえは」

「ぶっ放してみろ。旦那様も一緒にお陀仏だぞ」

それを聞いて、儀兵衛は冷徹に言い放った。

「そうか。なら遠慮なく」

「や、やめんか……」

と森右衛門が叫んだ次の瞬間、

——バーン！

猛烈な音がして、森右衛門を撃ち抜いていた。

左腕を弾丸が掠《かす》めただけで、権堂はかすり傷ですんだが、森右衛門はもろに心臓を撃ち抜かれて、一瞬、踠《もが》き苦しんでから絶命した。

とっさに、権堂は反撃しようとしたが、用心棒たちが数人、飛び出してきて、切っ先を喉元に突きつけた。さしもの権堂も身動きできなかった。

「主人を殺して……どういうつもりだ」

「どうもこうもない」

「……………」

「儂は用心深くてな、とてもとても、人様の前に偉そうに顔を出すのは恐い。森右衛門はいわば、儂の盾だ」

「！………」

「こういうこともあろうとな、用心には用心というのが、儂の身上でな」

と儀兵衛は短筒を突きつけて、

「弾はもう一発ある。さあ、誰が何のためにこの『黒江屋』に潜り込んで、旦那を消せと言ったのか聞かせて貰おうか」

「……………」

「言えんのか。ならば、死ね。うちの旦那を怨みから殺して、その上で自害したと町方には届け出るまでよ」

と短筒の銃口を突きつけた。権堂は覚悟を決めたが、最後の最後まで諦めぬのが武芸者としての心得である。

「分かった……こっちも命が惜しい……正直に話すから、命だけは……勘弁してくれ」

そう臨機応変に対応した。

「では、じっくりと答えて貰うとするか」

と儀兵衛が手代らに命じて、縄で縛り付けていたとき、まじまじと権堂の顔を見ていた用心棒の一人が首を傾げた。

「おぬし……もしかして、本郷の道場『孔武館』で中西派一刀流の師範をしていた権堂……権堂俊之助ではないか？」

その名を呼ばれて、権堂の方が驚いた。

「俺のことを知っているのか」

「知ってるも何も……何度か出稽古を受けたことがあるし、ある藩の御前試合でも会ったことがな……」

「本当か？　俺は……その道場の師範なのか？」

「つまらぬ罪で島送りになったとは聞いておったが……どういうことだ」

権堂の方が戸惑うばかりであった。

八

「なに、失敗しただと!?」

定信は落胆よりも、怒りを感じていた。

「番頭の儀兵衛の方が黒幕だったとは……私の不覚でした」

と柏原は己の手抜かりを恥じた。

松平邸内の茶室である。傍《かたわ》らには、金子と綸太郎も坐していたが、躙《にじ》り口を開けても、どんよりと澱《よど》んだ空気は流れないままでいた。

「……で、権堂はどうなった」

と定信が聞くと、柏原は配下の者を張り付けていると言ってから、

「そのまま、『黒江屋』の店内に捕らえられていると思います。町方に届け出ることはありますまい。しかし、主人の森右衛門が死んだことは隠すことができないでしょうから、おそらく……権堂にすべてを吐かせた後に殺し、森右衛門殺しの下手人にするかと」

「まあ、それなら、それでよいが……儂の名がでるのは少々、まずい」

「そこは、ご安心下さいまし、御老中」

柏原は確信に満ちた表情で、

「奴は所詮、咎人。流刑の途中に運良く生きながらえた者でございます。しかも、物忘れをしている奴ゆえ、権堂が見聞きしたことはすべて夢幻《ゆめまぼろし》、で片付けることがで

きましょう」

「うむ……」

そこへ、定信の密偵が音もなく訪れた。飴《あめ》売りの姿をしているが、忍びの者だということは、綸太郎にも分かった。

「御前。奴は、『黒江屋』の向島の寮に移されました。おそらく、拷問にかけられるものと思われます」

「口を割っておらぬのか?」

と意外な目で見やる定信に、密偵はその通りだと頷いて、

「訳は分かりませぬが、御前の〝洗脳〟が効いて密偵と信じ込んでいるのか、それとも他に狙いがあるのか、闇の処刑の話は一言もしておりませぬ。ただ、森右衛門へ怨みある者としか言ってないのです」

「なるほどなあ……」

綸太郎が感心したように口を挟んだ。

「物忘れをしていても、いや、それゆえに、あの男の本来の善の芽が判断しておるのでしょう。人間の体が悪いものを排して、健全に戻るように、心もそうなのでしょうな」

「つまらぬことを言うな……」

と言いかける定信を制するように綸太郎は立ち上がった。

「奴のことは任してくなはれ」

「…………」

「そのつもりで私は呼ばれたのですからね」

「何をするつもりだ」

「簡単な話です。これこそ棚ぼたではありませぬか」

「ん？」

「あなた方は、獲物を間違えてたってことどっしゃろ？　黒幕は儀兵衛の方や。だったら、そっちをきっちり始末した上で……権堂を救ってやるだけです」

「救うだと？」

綸太郎は涼しい目で頷いた。

「俺がちょいと調べたところでは、権堂ほど立派な武芸者はいない。女を手込めにしたという話……あれも、定信様……あなたが仕組んだことではありませんか？　端《はな》から、この男の腕を闇処刑に利用するために」

「…………」

「まあ、それ以上の詮索はしまへん。しかし、町方の内海という同心が動いておって、『黒江屋』の阿漕なやり口から、町人を救おうとしてます。下手をすれば、内海の旦那かて犠牲になる。俺は……誰であれ、御公儀のご都合とやらで犠牲になる者が可哀想やと思うだけですわ。ほな……」

と立ち上がった綸太郎を、柏原と金子は呼び止めようとしたが、定信は敢えて制した。そして、綸太郎が立ち去った後に、

「放っておけ……儂の務めはこれまでじゃ」

と微《かす》かに消え入るような声で言った。

「どういうことでございますか？」

「儂の務めは……奴に火をつけることだ……目覚めさせることだ。〝閻魔の刀〟の使い手が実は、上条家の者であることをな」

「松平様。一体、誰にさようなことを……」

「頼まれたのか、と？」

「はい……」

「それは聞かぬが花であろう。儂どころか、上様も知らぬ……まさしく閻魔大王のような御仁じゃわいのう」

そう呟いて、得体の知れない笑みを浮かべるだけの定信であった。

向島の『黒江屋』の寮は商家の屋敷というよりは、船倉か土蔵のように堅牢《けんろう》な作りの建物であった。

その二階から、遥か富士山を望むことができるのは、儀兵衛の趣向だったようだが、今日はあいにくの花曇りで、雄姿を見ることができなかった。

ここは、板間だけのだだっ広い空間で、何人もの奉公人が、まるで怪しげな宗派の信者たちのように、正座をして拝んだり、大声で家訓を唱えたりする〝鍛錬の場〟であった。神棚には『黒江屋』の家紋が掲げられており、

「ああ、偉大なる旦那様！　私たちはあなたのために一生を捧げます！」「金は世界の潤滑油《じゅんかつゆ》！」「人作りは金作りと心得よ！」「利子は果実！　幹を育て葉を繁らせ、大きな果実を結ぼう！」

などと異様な雰囲気が漂《ただよ》っている中で、幾人もの新たな奉公人や、失敗をしたり、売り上げが足りない者たちが、修行しなおす道場として使われていた。その建物の周りには、鉄棒を抱えた屈強な見張り数人が監視しており、逃げ出す者は容赦なく連れ戻されて、痛い目に遭わされた。

その一角には、拷問部屋があって、しかも、他の奉公人たちが見ることができるようになっている。そこで行われる拷問は、見せしめだが、それを日常的に見せることによって、恐れよりも快感へと麻痺《まひ》させる狙いがあった。

手には権堂から取り上げた〝天国閻魔〟を携《たずさ》え、煙管をくわえた儀兵衛が見ている前で、古株の手代ががんじがらめの権堂を柱に一本の縄で結わえ付け、足には鉄の錘《おもり》を繋いだ。

「どうだ? この風情もよかろう……ここで、バカのように念仏ならぬ、忠誠の言葉を繰り返す手代らは、いずれ金蔓《かねづる》を摑んで来る」

「噂以上だな。このえげつなさは……」

儀兵衛が、煙管の火を権堂の首に、ぐいっと押しつけた。

「ウウッ!」

「どうやら、『孔武館』の師範だというのは本当のようだが、誰に頼まれて、儂のことを探っていた。いや、殺そうとした。一体、誰なんだ?」

「……さあ」

「そうか。なら、仕方がないな……」

と傍らの仕掛けを開くと、権堂が縛られているすぐ下の床が傾いて、その地下には無数の竹槍がその穂先を上に向けて立てかけられており、真新しい死体もあった。既に白骨化したものもあり、儀兵衛という男の異様性をまざまざと知らしめている。

「ここから滑《すべ》り落とせば、すぐにグッサリだ。虫けらのようにな。私に逆らった者が、何人も落ちましたよ」

「！……」

儀兵衛は権堂を足蹴《あしげ》にすると、縛られた権堂の体が、穴に向かってすべり始めた。

「や、やめろ……！」

その瞬間、権堂の脳裏に、なぜか剣術の稽古をしているときの情景が浮かんだ。同時に、御前試合などで勝ち残っていったことも蘇った。さらに、突然、役人が道場に踏み込んで来て、訳も分からない間に捕らえられたことも鮮やかに思い出した。

権堂は懸命にあらがったが、もはや身動きはできなかった。頼りない一本の縄だけが権堂の命をつないでいる。その時、道場の一角にサッと一条の光が射し込んだ。

まるで後光を浴びているように立ったのは、綸太郎だった。

少し薄れる意識の中で、権堂は綸太郎の姿を見て、

「ああ……」

とうわずった声を上げたが、自分ではどうすることもできなかった。

その床の開いた光景は、夢で見た閻魔の生け贄の場と同じようだった。だが、綸太郎は怯《ひる》むことなく、

「儀兵衛。ここまでやな。潔《いさぎよ》く自分がしてきたことを認めて、三尺高い所へ行くのがよろしいやろう」

「なんだと？　誰だ……」

「おまえひとりの命だけでは、到底、報いることはできへんやろうが、閻魔に始末されるよりはマシと違うか？」

「誰だと聞いてる」

「閻魔大王の生け贄になったら、おまえさんは永遠に人として生まれ変わることはでけへんで。そやけど、きちっと心を入れ替えて処刑されたら、餓鬼や夜叉からでもやり直せる」

「黙れッ。あの世があるものか。ましてや輪廻《りんね》など。この世が花だから、俺は金をたんまり稼いでるんだ……ふん！　飛んで火にいるなんとやらだ。死ね！」

と声をかけると、それまで憑依《ひょうい》したように家訓を唱えていた手代たちが、綸太郎に襲いかかってきた。手には匕首《あいくち》や鉈《なた》などを持っているが、名小太刀〝阿蘇の蛍丸〟を抜き払った綸太郎の敵ではない。

バッサバッサと急所を外して斬り抜けてから、儀兵衛の喉元に切っ先をあてがった。

「もう逃れへんで」

と綸太郎が険しい目で迫ったとき、

「北町奉行所だッ。神妙に縛《ばく》につけい！」

内海が大声を上げながら踏み込んできた。途端、何かに取り憑かれていたような手代たちは、自分たちが何をしていたかも分からないようで茫洋《ぼうよう》となった。逃げ惑う者たちもいたが、それには構わず、儀兵衛だけを狙って捕縛にかかった。

だが、儀兵衛は意外にも、権堂がぶらさがっている下の地下穴に飛び込んだ。その手にしっかりと〝天国閻魔〟をつかんだまま。

「あっ……！」

綸太郎と内海が覗《のぞ》き込んだが、竹槍には刺さっていない。その横手から、何処かへ通じている逃げ道があるようだ。

「裏庭に繋がっているのですッ」

と意識がしっかりと戻った手代の一人が叫んだ。

すぐさま翻《ひるがえ》って、綸太郎と内海が裏庭に出ると、雑木林の中の井戸から這《は》い出て来る儀兵衛の後ろ姿が見えた。

「待て！　無駄な足掻《あが》きはよしやがれ！」

内海が突っ走るのと一緒に、綸太郎も駆けた。

すると、儀兵衛の姿が小さな小屋の裏手に消えた。

途端、ギャア！　と悲鳴が上がった。

綸太郎と内海が駆け寄ると、熊笹が広がる藪の中に、儀兵衛がうつぶせに倒れており、その背には〝天国閻魔〟が突き刺さっていた。不思議と血が流れておらず、即死のようだったが、儀兵衛はカッと目を見開いて、苦悶の表情のまま果てていた。

「おい。これは……」

内海は不思議そうに、綸太郎を振り返ったが、

「へえ……」

としか答えられなかった。何事が起こったか、綸太郎にも分からなかった。ただ、閻魔の使いがここに現れたとしか思えなかった。

「彼岸桜だ……！」

と内海が、すぐ先の藪の中に広がる霞《かすみ》の中を見た。

ひらひらと花びらが散っていたが、それは花びらではなく、真っ赤な血飛沫《ちしぶき》だとい

うことが、しだいに明らかになってきた。

「…………」

まるで幻想でも見ているかのようだった。赤い霧が広がるのを、綸太郎と内海はまったく身動きできずに、じっと眺めているしかなかった。

その直後——

柱に縛られていたはずの権堂の姿は消えていた。もちろん、道場に現れることはなく、その行方は杳《よう》として分からない。

ただ、その日を境に、綸太郎の耳元に、

「おまえは逃げられぬ……」

という得体の知れない声が、繰り返しささやかれるのであった。

第三話　陽炎《かげろう》の舞

一

今回も大盛況であった。

神楽坂上にある赤城《あかぎ》神社境内のお神楽《かぐら》舞台で行われた、〝今様《いまよう》三味線五人娘〟と呼ばれる『早《さ》乙女《おとめ》謡組《うたいぐみ》』の演舞と謡が熱狂のうちに終わったのである。

今様とは現代風という意味で、古式ゆかしい神楽や能の笛や太鼓に、歌舞伎や浄《じょう》瑠璃《るり》の三味線を添えた、女たちだけの謡姫が江戸周辺では人気を博していた。

松平定信による風紀取り締まり厳しい改革もあいまって、江戸府内では女芸人の興行は禁止されていた。その昔は女歌舞伎などもあったが、売春目的だとの疑いもあり、演じられることはなかったのだ。

だが、『早乙女謡組』は実は女ではなく、女の姿をした十代の若い男たちであった。早乙女とは、田植えをする女のことで、その娘たちが歌う〝田植え歌〟は、その季節を彩る華やかなものだった。

今様な『早乙女謡組』の興行には、三百人近い熱狂的な贔屓《ひいき》客が詰めかけた。『早乙女謡組』は、透明感のある、それでいて懐かしい節回しの曲調と、素直で爽やかな謡が若い娘たちに受けている。神楽坂で生まれて、関八州《かんはっしゅう》巡りをはじめて、まだ一年。素人《しろうと》に毛が生えた程度の歌舞一座だが、演奏の技は玄人《くろうと》好みで、しっとりとした厚みがある。力強さだけが売り物の歌舞一座とは力量が違うのだ。

〽さよなら、さよなら、愛しい人よ。咲いて散ったか隅田川。日暮れゆく鳥、なみだ鳥。ひと春、ふた春、思い春。

三味線を抱えて座長の早乙女舞《まい》が切々と歌いあげる。それを、町娘たちが提灯を揺らして、咽《むせ》び泣きながら聞いている。

娘たちを陶酔《とうすい》させる早乙女謡組は、間もなく、人形町の大舞台にも立つ予定だ。すでに座元との話し合いも終わって、贔屓客も楽しみにしていた。その売り込みも兼ねて、この神楽坂宮地《みやち》興行を皮切りに、〝大江戸回り舞台〟と称して、江戸四宿と御府内の寺社地で、小さな旅廻りをすることになっている。

そして、半月後、正月に江戸城中で開かれる町入能の際の、歌舞演芸『今様歌舞曲勢揃《せいぞろい》』に、新しい楽曲をひっさげて出る手筈《てはず》になっている。この今様歌舞曲の宴は、日本中の今様歌舞曲の歌い手や踊り手が一堂に集まり、丸一日行う大きな催し物である。出るだけでも大変な名誉であった。

早乙女謡組は、『今様歌舞曲勢揃』に出場するために粉骨砕身《ふんこつさいしん》、頑張ってきた。しかし、これも初めの一歩にすぎない。夢は自分たちの芝居小屋を持って、何百何千の人々を魅了する……ことであるはずだった。

興行が終わった時である。

その熱狂さめやらぬ中、『早乙女謡組 命』と染め抜かれた印半纏《しるしばんてん》を着た香具師《やし》風の男が、突如、舞台に駆け登った。誰かと思いきや、早乙女謡組結成以来の贔屓と言っている峰吉で、三味線と歌の舞には殊《こと》の外《ほか》、目をかけている。

「大変どっせ、舞ちゃん。妙な男たちが、客席の外をうろついてまっせ。きっと……あの連中に違いあらしまへん。まずいどっせ」

男らしく扮装しているくせに、なぜかオカマっぽい言葉になって、峰吉は舞の耳元に囁《ささや》いた。

「妙な男はあんただろうが」

ぶるっとなった舞は、客席を見渡して驚いた。他の客までもが、舞台に向かって来ている。

「まずい！」

モノを投げたり、抱きついたりすることは禁止されているはずだが、客席は一瞬騒然となった。

峰吉は切羽詰まった顔で、座員に逃げろと訴え、さらに客席を振り返って両手をかざした。

「ジタバタしなさんな！」

と客席に響き渡る野太い声を発した。一瞬にして、神楽舞台は静寂となった。峰吉は少女たちの目が自分に集中しているのを感じると、急に恥ずかしそうに俯《うつむ》いた。

「あのね……早乙女謡組がね、妙な奴らに狙われてるさかい。お願い。早乙女謡組を守ってあげてくらはいね」

峰吉は、客席の贔屓客に、土下座して頼んだ。

今一人、客の中にいた桃路が、入口の方を振り返ると、たしかに表には、縞《しま》模様の着流し姿の目つきの悪い連中が五、六人、こちらに向かって来ていた。

「ほんとだ……」

桃路は口を開けると両頬にえくぼが出来る。桃路は、梅干しを嚙んでいるような声で、

「早乙女謡組のみんな！　早く楽屋から逃げて！　ここは私たちが踏ん張るから！」

と、桃路は入口の前に仁王立ちになった。それに刺激されて、大勢の贔屓客が客席入口に殺到し、不審者が押し入って来るのを阻止した。

「ありがとう、みんな！　この恩は一生忘れないよ！」

舞は歌い上げるようにそう言うと、他の座員共々、楽屋へ駆けて行った。舞台化粧を落としたり、衣装を着替える暇もなく、三味線や鼓《つづみ》などの楽器だけを手にして、迷路のような路地をあちこち抜けて、掘割に停めてある猪牙舟《ちょきぶね》に乗り込んだ。

峰吉が漕ぐ猪牙舟が出るまでに、早乙女謡組の面々にはそれぞれ緊張が走っていた。

笛の皐月《さつき》は、借金取りが来たと思い――。

太鼓のお竜《りゅう》は喧嘩したやくざ者の仕返しだと思う――。

太棹《ふとざお》三味線のお富士《ふじ》は、そうとは知らずやった阿片《あへん》売人の仕事のせいだと思い――。

小鼓《こつづみ》のお吟《ぎん》は三角関係のもつれだと思っていた。

それぞれ、他人様《ひとさま》の恨みを買う事情を抱えていたのだ。

頭《かしら》の舞だけは人に狙われる心当たりがない。

もちろん、みな芸名である。舞たちは妄想に似た勝手な脅えを抱いて、峰吉に言われるまま、せっせと逃げ出した。

これが夢の興行から遠くなる旅になろうとは、この時、早乙女謡組の座員は誰一人思っていなかった。

二

早乙女謡組は、大江戸回り舞台の次の場所である、湯島から根津神社に向かってい
た。猪牙舟から大八車に荷物を移して歩いていたが、江戸は坂道が多いので、上りに
なると急に牛のようにのろくなる。
しかも、曲がりくねった道を上っていると、ふいに路地から、さっきの赤城神社に
現れたならず者風が飛び出してきた。
「おっ……」
大八車を踏んばって止めた峰吉が呟いた。
「こんな所で止まりたくあらへんなあ。坂道で引っ張り上げるの、これがまた、えら
い大変なんや。ほんまに……しつこい奴らねえ！」
峰吉は車止めを噛ませてから、がに股でその男たちに近づいて、『早乙女謡組　命』
と染め抜いた半纏を見せつけながら、
「話なら、私が聞きまひょ。何の文句があるか知りまへんが、早乙女謡組は私の可愛

い子供も同じ。さっ、話は大人同士で、ええでんな……もし、下手なことをするなら、うちは『神楽坂咲花堂』ですねん。上条家というたら、極道者でも分かるやろ？」

相手はたったの二人とはいえ、喧嘩慣れしていない峰吉には恐くて仕方なかったが、早乙女謡組の者たちを庇《かば》った手前、引くに引けなかった。

「おっさん、何勘違いしてんだよォ」

相手はケラケラ笑うと、大八車に腰掛けて、

「ほれ、これだ」

と何やら文を差し出した。

「なんですか？」

舞は不思議そうな顔で訊いた。

「まだ知らねえのか？　人形町の金熊座《きんくまざ》は潰《つぶ》れて、座元は借金を残してトンズラしてしまった。ついては、おまえたち一座など、あの小屋に出ることになっていた一座はすべて、連座で金を返して貰わねばならん」

と追手は言った。追手は、ならず者ではなく、いわば〝付け馬〟だったのだ。

「えっ？」

舞たちは驚いて顔を見合わせた。

「つまり……早乙女謡組の人形町興行は立ち消えになったってこと？」

峰吉が追手の襟首《えりくび》を摑んだ。追手はその手を払いのけ、

「それだけじゃないよ」

「なんですか」

と舞が言う。

「あんたたちは、興行の元締《もとじめ》になってるだろう？」

「あ、でも、あれは表向きで……」

「表向きにしろ何にしろ、金熊座の座元が逃げたのだから、おまえさん方が、金を払わなけりゃいけないんだよ。分かるか？」

「そんな馬鹿な！」

「まあ、あちこちで興行を打つんだから、せいぜいそれで儲けて支払うことだな。まあ、利子は十一《といち》とは言わねえ。おまえさん方の分担分が二百両だから、そうだな……年利十五分にしてやる。これでも両替商より、一分安いんだぜ」

「…………」

「分かったな」

男たちは借用書を見せると、さっさと立ち去った。

「そんな……ばかな……こんなことって、あってたまるかよ……ハア、ついてねえ!」
愕然となる舞だった。

早乙女謡組の『大江戸巡り』は、江戸城の催し物に向けた前途洋々の旅のはずが、借金返済旅と化したのである。だが、他の座員は、厄介事で命を狙われたのではないと分かってほっとした。

峰吉の引く大八車や、時に掘割を漕ぐ猪牙舟は〝旅〟の予定地に向かって走る。座員は音楽談義をするどころか、思い思いのことをしていた。大体がバラバラな人種の集まりなのだ。

太鼓のお竜は、江戸の人形町にある豆腐屋の息子で、体がデカいのだけが取り柄で、関取を目指していた。ある部屋に入門したものの、その稽古の厳しさに耐えられず、関取への道は断念した。華麗な歌舞を踊りながらの演奏は力強さがあるが、もう少し痩《や》せねばならないと思っているところだ。

太棹三味線のお富士は、昌平坂《しょうへいざか》学問所に通ったこともある御家人の子弟である。ある日、学問をすることに虚《むな》しさを感じて、居酒屋で飲んでいると、幼い頃、寺子屋で一緒だった舞と再会し、歌舞一座に参加することになったのだ。太棹三味線は兄がやっていたのを見様見真似で覚えていた。寂しい時はいつも本を読んでいる。そうすると、嫌なことから気が紛《まぎ》れるらしい。

小鼓のお吟は、深川《ふかがわ》芸者の置屋の息子で、華道や日舞の素養もある。幼い頃から、祖母や母親から、直《じか》に色々と教えて貰っていたから、他の座員が頼りにしており、どういう節回しが人を感動させ、どういう調和が美しいかを、常に冷静に教えている。喧嘩は弱いが口は達者だ。

笛の皐月は只のおっちょこちょい。

舞は、先々、有望だったはずの早乙女謡組の面々を見ていて、どっしり重い荷物を背負わされているように思えて来た。上り坂はまだ続く。

上野、浅草、両国橋などの興行を無難にこなし、ほんの少しだが借金を返す目処《めど》もつきそうな気がしてきた。

そして、次にやって来たのは、深川の富ケ岡八幡宮《とみがおかはちまんぐう》。悪所《あくしょ》七所がある岡場所に近いところだから、幾ら女装をしていても、女には敵わないだろうと考えていたが、いつもの贔屓客が追いかけて来るので、不入りを心配することはなかった。

「金熊座が潰れたくらいがなんでえ。早乙女謡組が消えてなくなったわけじゃないんだからよ、パーと行こうぜ、パーと！」

舞の掛け声に、座員は応えた。

「そうだよ。俺たちにゃ、もうこれしかねえんだ。歌舞一座しかねえんだよ」

木偶《でく》の坊《ぼう》のお竜でさえ、そう決心したのだ。自分たちの熱気のある姿を見せ、感動させる謡と踊りを続けてさえいれば、きっと誰かが認めてくれる。峰吉とは比べものにならないくらいの、面倒を見てくれる後援者も現れるかもしれないと期待していた。

富ケ岡八幡宮に至る前、新大橋を渡って、そこからの風景をぼんやり眺めていたときのことである。

――有り難《がた》やいただいて踏むはしの霜《しも》。

と新大橋にまつわる芭蕉《ばしょう》の句を詠んでいた峰吉が、横合いから出てきた渡世人《とせいにん》にぶつかった。三度笠《さんどがさ》に合羽《かっぱ》姿、長脇差《ながどす》で、いかにもという風貌だった。

前夜から続いていた興行のために、疲れていて、ぼうっとしていたのもある。しかも、小雨がちらついて、富ケ岡八幡宮でのことが心配だったのも手伝って、

――ドン。

と、かなり激しくぶつかったのである。

荷車に乗っていた謡組の座員たちも吃驚《びっくり》して、振り返ったが、

「これはまずい……」

と誰もが思った。しかも、三度笠の縁をひょいと上げると、頬に傷のある、一見するだけでも恐い顔つきをしていた。目つきも鋭く、早乙女謡組たちを睨みつけた。

「…………」

峰吉は屁《へ》っ放《ぴ》り腰で近づいたが、まったく迫力負けしてる。ここは素直に謝った方がいいか、つっかかった方が得かと考えた。周りには堅気《かたぎ》の人たちの、往来が激しいし、味方をしてくれるかもしれない。相手はひとりだ。峰吉は思わず、

「あんさん。どこに目えつけてんどす。まさか、わざとぶつかって、金でもふんだくろうっちゅう魂胆《こんたん》やありまへんやろな」

と震える声で言うと、渡世人は三度笠を外さないまま、じっと一同を見回した。

「な、なんとか言いなはれ……なんや、こっちが悪いとでも言いたげやな」

舞たちはごくりと生つばを飲み込んだ。三度笠の男の顔は明らかに素人ではない。しかも、三度笠には立派な家紋まで入っている。

「峰吉さん……」

舞は思わず峰吉の袖を引いた。だが、峰吉は意地になって、三度笠の男を見上げていた。

「こ、こら！　な、なんとか言わんかい！」

すると、三度笠の男は低く、野太い声で静かに言った。

「これは失礼さんにござんした。以後、気をつけますので、どうぞご勘弁《かんべん》下さいやし」

「……………」

「てまえ生国は上州です。上州と申してもいささか広うござんす。上州といえば空《から》っ風《かぜ》、赤城山麓《あかぎさんろく》で産湯《うぶゆ》につかり……」

いきなり相手が仁義《じんぎ》を切り始めたのには呆気にとられ、我慢して、その口上を聞いていたが、最後に、

「でござんす。ついては、兄さんの名を聞きとうござんす」

と返して来たのには、どうしてよいか分からないのと、身元を話して大丈夫かと思ってドギマギしていると、

「どうした、峰吉」

と背後から、声がかかった。振り返ると北町同心の内海弦三郎だった。地獄に仏を見た峰吉は途端、元気になって、

「わては大坂生まれの京育ち……今は縁あって、江戸は北町奉行所定町廻り同心、内

海弦三郎さんの御用を預かっているケチなやろうでござんすどす」

そう調子をこいて言ったが、

「駄目《だめ》だ。こういう手合いは相手にしちゃ駄目だ」

舞は懸命に峰吉の手を摑んで、逆らうのはやめろと言ったが、相手の方が険悪な顔を見せてきた。次の瞬間、さすがに早乙女謡組は若い男たちである。みんなが峰吉のそばに駆け寄って、一触即発《いっしょくそくはつ》の雰囲気になった。

相手はひとり。喧嘩なら勝てる。内海も見ているし、こっちの分は悪くない。峰吉はそう思ったが、舞が心配しているのは仕返しのことだ。ただですら、みんなは臑《すね》に傷を持っているのである。ここは、適当に収めておいた方がいい。

ところが、相撲取りになりたかったお竜がしゃしゃり出てきた。

「こんな奴、張り手一発で卒倒させてやる」

「やめろ、相手は刃物を持ってる」

内海がしだいに近づいて来て、何か言いそうだったので、三度笠は合羽をバサッと翻《ひるがえ》すと、そのまま立ち去った。

「なんだ、番頭。あいつと何かあったのか」

「へえ……ま、大したこっちゃ、ありまへん。尻尾《しっぽ》まいて逃げていきよった、ハハ。

それより、旦那も恐かったのですか、あいつが」

「ん？」

「そやかて、すぐに駆けつけて来んかったやありまへんか。あいつをご存じで」

「え、まあな……あいつは、おまえらに危害を加えるような奴じゃねえよ。それより、若旦那はどうした。近頃、とんと見ねえが」

「若旦那？」

峰吉は「さあ」と首をひねった。

「惚《とぼ》けずともよい。どうせ、あの〝天国閻魔〟を持って、どこぞで悪党退治でもしておるのか、えっ、図星か。そんな真似は俺がさせねえぞ」

と鋭い目で睨みつけたが、峰吉はそんなバカなことをするはずがない、綸太郎はその逆で、刀を潰すために、有名な刀工を訪ねて、あちこちを旅してる最中だと話した。

「刀はただ溶かしたり、折ったりするだけではあかんのどす。人の怨みや魂が籠もってますさかいな。きちんとした葬り方をして供養が必要なんどす」

峰吉なりに話したが、

「嘘をつけ……俺も間抜けじゃねえぞ。あいつが現れた所で、悪い噂の奴らが不審な殺され方をしている。すべてが〝くらがり入り〟だ。上条家といえば、本阿弥家というう実に怪しげな一族の庶流……もしや、御公儀の偉い人と何か密約でも交わしてるのと違うか……俺はそう睨んでいる」

峰吉は一瞬、ドキンとなったが、それは旦那の下手な勘ぐりだと誤魔化《ごまか》した。

その時、舞が「うわあ！」と声をあげた。

「な、なんや」

「なくなってる。あそこに停めてあった大八車！　なんでえ！　どうしてえ！」

咄嗟《とっさ》のことで何が起こったのか分からない。呆然《ぼうぜん》と見やる早乙女謡組の前から、内海は何の話だと鼻で笑いながら立ち去った。

「た、大変だア！　ぬ、盗まれたア！」

お竜、お富士、お吟、皐月は通りや路地に散らばって、大八車をあちこち探したが、なぜかどこにもなかった。

「おいおい……深川八幡宮……それから後の興行、どうするんだよ……」

三味線や笛、太鼓などの楽器や衣装から化粧道具までなくなって、早乙女謡組の面々は途方に暮れてしまった。

「……す、すんまへんな、舞ちゃん」

峰吉は必ず泥棒を捕まえると言うが、あてなどなかった。

そんな様子を――。

着物の裾をはしょった初老の岡っ引が、少し離れた茶店の軒下から見ていた。

ふと目をやったお竜が、岡っ引の視線に気づいた。

「……親分さん。八十八《やそはち》親分さんじゃないか、あれ」

お竜は、八十八に駆け寄った。

「親分さんよ。なんで、芝神明《しばしんめい》のあんたが、こんな深川くんだりに来てるんだよ」

と迫った。お竜はもう二年も前になるが、盗みの疑いで、八十八に捕縛されたことがある。だが、証拠が足りずにお解き放ちになった。

八十八は気まずそうに微笑しながら頭を掻《か》いて、

「なんでえ、見つかっちまったか……」

「見つかったかって、丸見えですよ。まるで、俺たちに気づかれるように立ってた。あ、もしかして、それって牽制《けんせい》してるんですかい?」

「うむ。おまえたちの立ち寄り先で、必ず盗みが起こってるてな」

もろ疑った八十八の言い種《ぐさ》に、

「なんでえ。俺たちが泥棒して回ってるとでも言うのかい!」

「そんなこと一言も言ってねえよ」

「こっちはな。今しがた大八車ごと、商売道具を盗まれちまったんだ。あんた、見てたんなら何とかしろよ。このままじゃ、オマンマの食い上げなんだからよ！」

「おまんまの食い上げね……素人芝居の癖《くせ》によく言うよ」

「なんだと⁉」

「ま、盗まれたと自身番に届けを出しておくこったな」

とだけ言って、八十八はぶらぶらと深川八幡宮の方へ向かった。まるで、わざとお竜たちの行く先を探るように。

「なんだい、あいつは……」

舞が言い寄ったが、お竜は心配をかけまいと、ちょっとした知り合いだとだけ答えた。

三

富ケ岡八幡宮に着いた舞は、興行主である坂田《さかた》という男に会って、楽器など舞台道具一式が盗まれたことを伝えた。

興行主は蔵からドッサリと絵双紙《えぞうし》を持ち出して来て、ドンと一座の前に置いた。これは、金熊座をはじめ、各興行先で売ることになっていた早乙女謡組を絵師が描いた、今でいえばブロマイドみたいなものか。金熊座が潰れたがために、これが大量に余ってしまっているのだ。

「そりゃ困ったな……」

「まあ、これを少しずつでも売って、路銀《ろぎん》の足しにするんだな」

と興行主が慰《なぐさ》めると、「はあ……」と舞は溜息をついた。

「がっかりすることはない。富ヶ岡八幡宮の木戸札もすでに売れているしな。明日は中止にするわけにはいかないから……」

そうは言うものの、肝心の三味線一棹《さお》もないのだ。困惑していた興行主だが、「ああ、そうだ」と舞にある相談を持ちかけた。

「今夜、うちの揚屋《あげや》で奏でてくれんかね」

揚屋とは、芸者を置屋から呼んで宴会をする貸座敷のことだが、坂田は岡場所の女郎を特別に呼んで、遊興客を楽しませていた。

「どういうことです？」

「私は、この近くに、揚屋を持ってるんだがね、そこの三味線弾きや芸妓が食当たりしちまってね、今晩の出し物ができないんだよ」

「はあ……」

「代わりに出てくれたら、三味線や太鼓など入り用のものは、ぜんぶ只で貸すよ。それで、八幡宮の興行をすれば、一石二鳥だろ？」

興行さえできれば、楽器なんて、なんでもよかった。舞は、渡りに舟と承諾した。

だが、喜びも束の間だった。

所詮は岡場所の揚屋である。訪れた早乙女謡組は、げんなりした。揚屋での伴奏とは、『幻の義太夫《ぎだゆう》・百川散太夫《ももかわさんだゆう》』という素浄瑠璃師《すじようるりし》が歌うためのものだったのだ。

「素浄瑠璃……せめて、端唄《はうた》にして欲しいよな」

早乙女謡組にとっては難しいというのもあるが、お経みたいで、どうも辛気《しんき》くさかった。そもそも、素浄瑠璃ならば、三味線だけでよかろう。しかも、太棹だから、お富士ひとりで付き合えばよいのではないかと、みんなは文句を言い出した。ぶつくさ言う笛の皐月は、ベベンベベンと奏でることを想像しただけで、吐き気を催《もよお》した。

「めげない、めげない。これも修行のうちじゃねえか。いや、逆に、客を楽しませてやりゃいい。浄瑠璃語りなんかより、早乙女一座の謡や舞の方が面白いってよ」

舞は一生懸命、一同を励ました。

「捨てる神あれば、拾う神ありってもんだ」

揚屋の一階で、玄関を入った所が広間になっていて、ふつうなら待合いなのだが、今でいう団体客が来た折に、色事の前の座興《さきょう》として見せるのである。

義太夫の出は遅く、打合わせも音合わせもない。場末の舞台はどこでもぶっつけ本番のようなものだ。早乙女謡組は渡された譜面を見ても、どんな曲なのかピンと来ない。皐月が笛で節回しを吹いてみせるが、やはりお経のようで、早乙女謡組にはすぐに馴染《なじ》めなかった。

客はなぜか年寄りが多かった。いや、若い衆もおらず、もちろん場所柄、町娘などいるわけがない。早乙女謡組たちの祖父祖母たちが並んでいるようなものだった。

蠟燭あかりの中、舞台となっている低い壇上に現れた義太夫を見て、舞たちは驚いた。

銀色にぎらぎら光る着流しに真っ赤な帯を締めて、肩で風を切るように出て来たのは、峰吉と接触した、あの三度笠の男だったのである。

「こ、こいつが……百川散太夫!?」

三味線の舞とお富士は、啞然と見ながら、出だしを弾きはじめていた。早乙女謡組に気づいてか気づかないでか、百川散太夫はちらりと目を流すと、

〽旅イ……の下……散るが命としりぬるを……粋《いき》に刀で切る恋を……なぜに切れぬか、たらちねの……

と低く渋い声で始めた。真面目な顔で、少し酒焼けをしたような嗄《しゃが》れ声だが、客席からは、いきなり茶々を入れるように、

「よよ！　苦節二十年。帰って来ました義太夫散太夫！　ゴロゴロ節！　歌ってちょうだい語ってちょうだい『面影未練難波橋《おもかげみれんのなにわばし》』……」

ドッと拍手が起こった。散太夫が野太い喉を震わせて、しみじみと歌い出すと、拍手は更に盛り上がった。素浄瑠璃というものは、黙ってじっくり聞くものだと思っていたが、

「なんだ、この客たちは……」

と舞は、三下がり、二つ上がりなど適当に合わせて伴奏をしていた。

〽怨み憎んだあの人なのにイ……いい思い出だけの未練酒え……泣いてみしょうか笑うてみしょうか……心、心、燃えます……ああ、面影みれん橋イ……。

散太夫が腹の底に染み渡るような声で歌い上げると、客席から堰《せき》を切ったような拍手と歓声が沸き起こった。

「サンちゃん！　よく来てくれたぁ！」

「こっち向いてサンちゃん!」

「踏ん張れ! 頑張れ! サンちゃん!」

やんやんやんやの声援に、早乙女謡組の面々は、目を白黒させて見ていた。百川散太夫という義太夫語りは聞いたこともなかったし、こんな人気者だとも知らなかったのである。しかも、こんな人のよさそうな男は見たこともない。そんな感じの満面の笑みは、三度笠をぶつけた時の目つきとは全く違う。

客席の一番後ろで見ていた峰吉は、ハッとなった。

「そうか、思い出したで。あれが百川散太夫だったんやな!」

峰吉は感慨《かんがい》深げに言った。

もう二十年近く前であろうか。大坂の竹本《たけもと》座や豊竹《とよたけ》座に出て一世を風靡《ふうび》した義太夫語りである。近松門左衛門《ちかまつもんざえもん》の和事《わごと》から、紀海音《きのかいおん》の荒事《あらごと》まで何でもこなす器用な義太夫だった。『面影未練難波橋』という自分が作った素浄瑠璃が人気が出て、人形芝居なしで、何処にでも出かけて歌っていたことがある。いわゆる〝出かけ屋〟といって、一段下に見られていたが、そんなことはお構いなし。臨終の人の枕元まで出向いて、この世の名残に一節聞かせることもあったという。

その頃の百川散太夫は、もっと肥《こ》えていた気がする。

——やくざ者の女と駆け落ちした後、千両もの借金をこさえて、行方が分からなくなったという噂やったが、そうか……奴《やっこ》さんはまだ、素浄瑠璃の義太夫やってたんかいな。

散太夫が初舞台の頃、峰吉も修行の身で、同じ年頃としての思い出がある。そのことが、一瞬、峰吉の脳裏に過《よぎ》った。

義太夫といえば、今をときめく『百川夢太夫《ももかわゆめだゆう》』は、今や竹本江太夫や豊竹坂太夫に肩を並べる名義太夫語りになっているが、五年ほど前までは、夢太夫は散太夫の弟子だったのだ。他にも弟子は多い。散太夫は面倒見がよすぎて、自分が出世しないという損な役割をしている不遇《ふぐう》の人だった。

しみじみと語り終えると、老人だらけの客席から「サンちゃん！」と声がかかる。着流し姿の百川散太夫は、爽やかな笑顔で応えた。ここは深川《ふかがわ》八幡宮が近いので、

「私も越後の門前町生まれでしてね、ここに来ると、遠く故郷に残している母親を思い出します」

という調子で、門前町に暮らす人々への恋慕《れんぼ》を語り、歌う。

素浄瑠璃をろくに聞いたこともない早乙女謡組だ。しかも初見の〝譜面〟を見て、思うように弾けるわけがない。緊張が続いたせいか、皆は疲れが溜まってきた。

素浄瑠璃嫌いの笛の皐月は背中が、しだいに痒《かゆ》くなってきたほどだ。早乙女謡組の冷や汗とは裏腹に、客席はどんどん盛り上がっていった。三演目のはずが、五演目もすることになった。

「もう……たまんねえなあ！」

だんだん嫌気がさして来たお吟は、思わず今様歌舞曲の小鼓を、舞台の袖で叩きはじめた。

――ポポポポッツポポン、ポトストポン！

続いてお竜の太鼓。

――ダッダッスタタタン！

お富士の太棹三味線が追っかける。

――べべべン、バドゥンドゥケバン……。

皐月の笛が名調子で響く。

――ヒョヒョロロロヒョ、スヒョロロン、スロロンヒョロ！

それを受けて舞は、舞台に上がり、散太夫が語ったばかりの『面影未練難波橋』を今様歌舞伎の曲調で歌った。若者らしく、爽やかに、透き通るような声である。

〽怨ゥゥゥらみぃー憎んだア、エイ！　あぁあぁのぅ人ォなぁのにヒイー、ウォウ、いヒィ思ウゥい出だけーのウ……

一瞬、呆気に取られる散太夫だが、咄嗟《とっさ》に舞に調子を合わせて、まるで予《あらかじ》め稽古をしていたように、重唱するのだった。

年季の入った渋い声と、張りのある女のような声が入り交じる。その心地よさに、切れ味のよい三味線が重なって……舞台が全て終わると、わずか客は三十人ばかりの広間だが、万雷《ばんらい》の拍手につつまれて、散太夫は床に頭がつくくらいのお辞儀《じぎ》をした。

だが、楽屋代わりにしている布団部屋に入った途端、散太夫は、鋭い視線を早乙女謡組たちに浴びせかけた。

舞たちはぎくりと身を引いた。

散太夫は無言のまま奥座敷へ行った。その直後、奥座敷から上方訛《なま》りの怒声がした。驚いた舞が覗いて見ると、弟子で付き人の辰吉《たつきち》が、散太夫に殴《なぐ》る蹴るされているのだ。

「ドアホー！　誰やッ、あんな素人、連れて来たんは！」

早乙女謡組の伴奏のことである。

「伴奏なしの方がましや、ボケ！」

ビンタを数発張られても、辰吉は直立不動のまま、じっと歯を食いしばっている。

「ハッ。しかし、三味線弾きが食当たりで……」

「言い訳すなッ、ボケー！」

もう一発張り飛ばした。思わず止めに入った舞は、

「そんなに殴ることねえだろう。演奏がまずいのは、俺たちのせいなんだからよ」

ぎらりと光る目で振り返った散太夫は、低い声で言った。

「ほなら、おまえが殴られるっちゅうのんか？」

「そ、そうは、言ってませんが……」

「これは、俺と弟子の話やねん。口出しすな。訳はどうであれ、わいの舞台をボロカスにしたんは、おまえらみたいな下手糞《へたくそ》を見抜けなんだ辰吉のせいやねん」

下手糞と聞いては、舞も黙っていられなかった。

「素人かどうか、ちゃんと聴いて貰えばわかります」

「なめたらあかんで、われ」

底冷えのする声とは、散太夫のような声だろうかと舞は思った。

「鮨《すし》食いたい客に、丼モン出したらどう思うか、よう考えてみい」

「はあ……？」

「おまえら、三味太鼓持つ身分とちゃうで」

そう言ってから散太夫は、舞の頬をピタピタと掌《てのひら》で軽く打った。思わず乗り出す舞を、部屋の外で見ていた峰吉が止めた。

「まあまあ……三味線や太鼓を借りられるのやさかい、ええやないか、な」

大八車のときの、百川散太夫の鋭い目つきをちらり思い出した。だが、下手糞といわれ頭に血が上っていた舞は、

——あんな格好して、頭がおかしいのか、こいつは。しかも、おいぼれの素浄瑠璃義太夫に、何を遠慮することがある。俺たちはこれから、将軍様にも認められる今様歌舞伎、今様謡の人気者になるんだ。覚えておけ、ばかやろう。今に百川散太夫の方が、俺たちと一緒になったことを人に自慢するだろうよ。

そう心の中で呟いていた。

四

「忍者みたいな名前からして、なんでえ」

散太夫への不満をぼやきながら、舞たちは明け方まで飲んだ。

朝日が昇る頃、早乙女謡組の面々はみんな、指や肘《ひじ》に痛みが残って取れないことに

気がついた。慣れない素浄瑠璃を何曲も演奏したせいだ。

「だらしねえ……」

太棹のお富士だけは元気満々で、折角、富ヶ岡八幡宮まで来たのだから時間を無駄にできないと、お竜の案内で相撲見物を楽しんだ。

だが、楽しんで観ていたのは、ほんの半刻であった。

興行本番間際になって、お富士は町医者に担ぎ込まれていた。土俵から落ちて来た関取の下敷きになって派手に転倒して、肝心な利き腕の肘を捩《ね》じったのだ。おまけに足まで折れている。まあ三月《みつき》は治りそうにないという。

「こいつ昔から、なんでか間が悪いんだよなあ」

舞はそう言った。昌平坂学問所の試験の前日も、竹馬で遊んでいて怪我をした。

「俺、こんな所まで来て、素浄瑠璃弾いただけかよ。トホホ……」

お富士は治療のため、近くの町医者にしばらく世話になることになった。

「三味線が手に入ったのに、弾き手がオシャカとはね」

またまた意気消沈する早乙女謡組だった。

興行半刻前のことである。

八幡宮の楽屋に戻ると、まだ百目蠟燭の準備もできていない舞台から、三味線の音が流れてくる。早乙女謡組一同がソデから覗くと、そこには、力強い太棹とは無縁そうな顔の女が……桃路である。

「あれ……？」

桃路の顔に、舞は覚えがある。

「あれ？　あんた、たしか……」

神楽坂の赤城神社で体を張って、追手から逃がしてくれた女である。

「そうだよ」

両頬にえくぼを作って笑う桃路に、舞が言った。

「しかし……なかなか巧いじゃねえか、俺たちの曲も」

「だって、早乙女謡組の興行は、よく観てるからねえ。私の稽古になるし」

「稽古？」

「座員の体調も分かるくらい、早乙女謡組のことは知り尽くしてるつもりさね」

桃路は話しながら、自分の腕前を見せつけるように一曲弾き終えると、舞の目をじっと見つめた。

「お富士さんの代わり、私がしてあげてもいいよ。駄目かい？」

積極的に詰め寄る桃路に、舞は承諾せざるをえなかった。

幕が開くと、舞台は桃路の三味線で盛り上がった。

可憐な笑顔とは不釣り合いに、しなやかな腰の動きは妖艶《ようえん》で、三味線の技も凄《すご》い。予想に反して、客の受けが抜群で、舞たちの存在がかすむほどであった。

「お富士より、いいかもな」

というのが一同の感想だ。今日の興行はなんとか恰好だけでもつけられればよい、と思っていた舞たちにとって、桃路は大収穫だ。桃路の甘ったるい声が客席中にこだまして、興行は盛り上がった。

翌朝、富ヶ岡八幡宮を離れる早乙女謡組たちは、骨を折って動けないお富士を見舞い、しばしの別れを告げた。八幡宮の興行に自信を得て出発した早乙女謡組だが、次の興行に使う楽器がない。

「借りるか、借金で買うかしかないな」

舞たちの前途は多難だった。

ところが、楽器のことなら案ずることはないと、桃路は言った。

「それくらいなら、任せなさい」

次の興行先には、すぐに届けるという。

「何を驚いてるのさ……三味線の腕前でも分かりそうなもんだろう？　あたしゃこれ

でも、神楽坂芸者なんだよう」

初めて身元をバラした桃路を、峰吉もすっかり後押しする立場になっていた。

そんな矢先、次の興行地である汐留《しおどめ》に向かおうとした時、岡っ引の八十八がぶらりと来て、大八車が木場の空き地で見つかったと報《しら》せてくれたが、駆けつけてみると、肝心の三味線や太鼓、衣装などはなかった。

「大体、何のために誰が……」

舞たちには理解できないことだったが、おそらく、度を超した贔屓が盗んだのであろうということであった。

五

芝増上寺の前に、漁師の町、汐留に来た早乙女謡組は、百川散太夫の垂れ幕を見かけた。真新しいお大尽《だいじん》の屋敷に、芝居小屋の幟《のぼり》のような縞模様の垂れ幕だ。

「なんだよ。俺たちと同じ所を……」

舞はなんだか嫌な予感がした。

汐留では、折しも、大漁祭りが行われている。ここには二、三日滞在し、興行の他に、網元《あみもと》が行う大漁祭りに因《ちな》んだ催し物に出る予定である。

そこにも――。

百川散太夫素浄瑠璃の舞台が設営されており、幾つもの花輪が派手に飾られていた。

その舞台に隣接している催し物の客席についた早乙女謡組は、村の大人組という若衆に仕事の話をされた。

なんと、漁船の格好をした御輿《みこし》に乗って、大漁祭りの人集めのために、町中を演奏して回って欲しいというのだ。今でいう〝ちんどん屋〟のようなことであろうか。

お竜は反対である。皐月も、話が違うからと、やりたがらない。

「人がイワシ食って、シャコ食ってる前で今様歌舞ができるかよ。なあ」

皐月が言うと、お吟は同感して頷いた。桃路は両手を挙げて、

「やる！　あたし、断然やるもんね！」

とはしゃいで飛び跳ねた。皐月はふんぞり返って言う。

「なんでだよ。こんな田舎のオッサン連中に、俺たちの歌が分かると思う？」

「思う」

桃路はにこにこ笑顔で答えた。

「だって、早乙女謡組の曲ってさ、きっと凄いものだと思う。だから、まだ知らない人にも、聞かせたい。新しいけれど、いつか古典になるような」

「新しいけれど、いつか古典に……」

舞はその言葉に展望を見出したのか、空を仰いだ。桃路に触発されて、峰吉も賛成した。お竜、お吟、皐月は渋々従うしかなかったが、まさか舞が抱いた嫌な予感が的中するとは思わなかった。

町中をぐるり回った早乙女謡組を乗せた御輿が、百川散太夫が語る素浄瑠璃の舞台の目の前に停まった。

「なんだよ、これ」

お竜、お吟、皐月は憤懣《ふんまん》やるかたない。自分たちの行動はすべて、百川散太夫の公演の人集めのために利用されていたのだ。そうと知った早乙女謡組は、表情が強張《こわば》る。舞たちの怒りをよそに、素浄瑠璃の幕が上がった。

早乙女謡組たちの顔をちらりと見たが、散太夫はその存在すら気づかない素振りで、

「――私は漁港生まれで、このような港町に来ると故郷に残した年老いた母を思い出します」

フである。

と切々と語った。どこかで聞いたセリフだ。深川八幡宮で語っていたのと同じセリ

——越後の門前町生まれじゃなかったのかよ。

舞はそう思った。素浄瑠璃では語りというが、今様歌舞曲の世界では客に向かって話すことを〃喋り〃という。舞は〃喋り〃には、誰にも負けない自信があった。歌の合間に、客の気持ちを引きつけるのは、天性のものである。舞にはそれがあった。

俄《にわか》に大声が上がった。

「よく来てくれた、サンちゃん!」

客席から、そう声をかけたのは、弟子の辰吉だ。商業劇場でよく見かける、呼びかけ屋のような年季の入った声だ。一瞬、静寂に戻ったが、辰吉の声につられて、数人の客が、

「よく来た!」「生きてたか!」「無事に暮らしてたか!」

などと言う声が散太夫に投げられた。辰吉のかけ声が功を奏したわけだ。

観客の声が次々と飛んで来ると、散太夫は大袈裟《おおげさ》に涙ぐんでみせて、漁師の暮らしや寒い海辺の町で暮らす人々の気持ちを、切々と語った。

深川八幡宮で見せたのと同じやり方だが、きっちり客の心を摑んでいる。歌い始め

る散太夫の声は、人情素浄瑠璃にふさわしく優しい声だ。

散太夫が二、三曲歌う間、早乙女謡組は漁船の荷台で、阿呆《あほう》のように突っ立っていた。

歌い終えた散太夫は、大声で早乙女謡組に語りかける。

「やあ、ご苦労はん。君らが〝提灯屋〟とは知らんかったよ」

お先棒を担ぐ、つまり前座の意味である。

「なにッ！」

すぐにカッとくるお竜が胸を突き出すのを、桃路が止めた。

「お竜さん。殴る代わりにさ、太鼓叩いて、打ちのめしてやれば？」

桃路が言いたいことは、すぐに座員に伝わった。散太夫の言葉に反発するように、お竜の太鼓が波を刻み、皐月の笛が重くかぶり、お吟の小鼓で弾みをつける。

「今様歌舞曲は出だしが勝負なんだ！」

はち切れんばかりの轟音《ごうおん》を投げつけられては、百川散太夫も負けてはいない。

「それを言うなら、出だしは浄瑠璃の命。艶姿《あですがた》女舞衣《おんなまいぎぬ》でも、曾根崎心中《そねざきしんじゅう》でも、義経千本桜《よしつねせんぼんざくら》でも……なんだって出だしが全てです」

散太夫の後ろに控えている白い裃《かみしも》姿の三味線弾きたちが、激しい音量で重々しい出だしを演奏しはじめた。こうして、ちょっとした出だし合戦が、客を巻き込んで、繰りひろげられたのである。集まった年寄りたちが沸き上がる。客席の奇妙な盛り上がりに、戸惑っていたのは、演奏している当人たちであった。

一方——。

峰吉は、汐留のはずれ、通称「浄土《じょうど》が浜《はま》」にある桟橋で、早乙女謡組の絵双紙を積み重ねて、〝泣き売り〟をしていた。紺碧《こんぺき》の空と美しい海原には溶け込めない風情だ。

「大店が潰れたのが一月前。報酬の代わりに、この絵双紙を与えられたのはいいけれど、女房子供の待つ遠州《えんしゅう》までの路銀がありません」

という調子でしんみりと語る。

「家には肺を患《わずら》ったカカアと、十二を頭に五人の子どもが腹を空かせて待ってます。せめて米の一升でも買って帰りたいが、この絵双紙じゃ金にならないのでございます」

人の同情を買って、絵双紙を売りさばいた。さすが百戦錬磨の峰吉だ。半値以下で売っても、あっという間に数両も稼いだ。

「これで、ちょっとした三味線が買えるかもしれへんな」

峰吉は喜んだ。笑顔で金を数えている峰吉の目の前に、ギラリ光るものがあった。包丁である。持っているのは、冷ややかな目で笑っているやくざ者だ。一見して本物だと思う。ドキリと峰吉の心ノ臓が鳴った。このような場合は何を言ってもだめだ。厄介事を避けて、退散する方がいい。

「すんまへん。これ、ショバ代です」

と峰吉は金を払おうとすると、

「何言ってんだ、オッサン」

「しかし……その包丁」

峰吉は思わず身を後ろに引いた。

「いや、あんた、なかなかの泣き売りだからな、その腕を見込んで、この包丁もサササッと売り払うてくれまいか」

やくざ者はそう峰吉に頼んだ。相手は確かに、この辺り一帯を縄張りにしている地回りだった。

「な、オッチャン」

峰吉は、包丁を売ることなどしたことはないが、骨董なら何度もある。

「わかりました。但《ただ》し、ここじゃ、ちょいと無理ですな。どっか出店か縁日でやりゃ、一刻で売り尽くしますよ」

峰吉はドンと胸を叩いた。


日がとっぷりと暮れて、浜辺には冷たい海風が吹いてきた。

海辺の小さな漁師小屋を改築して作った舞台には、二十人程の客が集まっただけだった。百川散太夫の舞台に比べて、早乙女謡組の舞台は、灯を消したように淋しかった。

集まった二十人程の客は、かえって早乙女謡組に気を遣い、拍手や歓声で精一杯盛り立ててくれた。だが、盛り立てれば盛り立てるほど、空疎《くうそ》な空間は広がっていった。

しかし、歌いおわった舞は、一生懸命観てくれた客に、思わず土下座のような礼をした。

「初興行の時は、客が五人だったもんね……うち知り合いが三人。その時のことを考えたら、四倍ものお客さんだ」

と、桃路が言った。桃路はその時からずっと早乙女謡組を知っている。早乙女謡組は初心に返った気がした。

謡が盛り上がった時である。峰吉が、舞台に上がって来て、

「舞！　みんな早く逃げて、逃げて！」

と叫んだ。

「またかよ」

舞は不機嫌になる。だが、今度の峰吉の様子は尋常ではない。顔は傷だらけで腫《は》れ上がっている。

峰吉を追って、上半身裸のやくざ者が数人来た。龍だの牡丹《ぼたん》だの鯉だの鷹だのの刺《いれ》青《ずみ》が目に鮮やかだった。

やくざ者たちに連行されて、浜近くの立派な料亭に来たのは、それからすぐのことである。そこは、やくざの親分の女が営んでいる、京風の趣向はよかったが、壁や廊下が薄っぺらな安普請《やすぶしん》であった。

その離れで、舞たち早乙女謡組と峰吉は、やくざの前に正座した。峰吉は、舞にひたすら謝った。

「ごめんね。こんな事に巻き込んで、ごめんね、舞ちゃん」

代貸は峰吉に筋《すじ》を通せと言い張った。

「一体、どういうことなんですか？」

舞は勇気を振り絞って代貸に尋ねた。

「いいのよ。私が全部払うから、いいの。だから、この子たちには指一本触れないで、ね、お願い」

「謝って済むならオッサン、お上《かみ》はいらねえぜ」

「お上に言ってもいいですが」

「黙れ、チンピラ。てめえは俺たちの包丁を、人さまの前でよく切れねえとぬかしやがった。それで只で済むのか、エ！」

「しかしですね……こんな切れない包丁は、研《と》ぐこともできないし、一回使えば錆《さ》びるし……とても売れないです、はい」

代貸はゆらり立ち上がった。

「売れねえなら、絵双紙で稼いだ金、全部置いて行きな」

「ハハン……私に泣き売りさせるって言うたんは実は罠《わな》で、本当はこの金が狙いだったのやね？」

と峰吉は胴巻きを叩いた。

「売れたの？　俺たちの絵双紙」

思わず舞が身を乗り出した。

「うん。三百枚もね。この調子でいけば、三千枚はこなせるわよ」

調子に乗って話していると、代貸が峰吉の首ねっこを摑んだ。同時、お竜がその腕力と体格を生かして、背後から代貸にぶち当たった。鞠《まり》のように弾んで転ぶのを見ると、

「逃げろ！」

と舞が叫んだ。早乙女謡組と峰吉は、蜘蛛《くも》の子を散らすように料亭内に散らばって逃げた。

すったもんだしているうちに、長い廊下を走って、舞は奥座敷の襖に激突した。襖を破って転がった所は、三十畳はある広い和室だった。

紅白の梅をあしらった金屛風《びようぶ》を背に、どっしり座っていたのは、百川散太夫であった。その凍《い》てついた目と微動だにしない眉は、まさしく不動明王の顔だった。その傍らには、芸者衆が五人ばかり控えている。

――まさか、実はこいつが親分……？

舞は立ち尽くして、散太夫を見た。

百川散太夫は、興行の打ち上げを兼ねて、この料亭で宴会を開いていた。芸者をあ

げてのドンチャン騒ぎだったのだ。部屋の片隅には、きちんと正座した弟子の辰吉が、菊人形のように座っていた。

舞を追って、やくざも乗り込んで来た。咄嗟に逃げた舞をはがい締めした弾みで、ひっくり返った高膳で、散太夫の服が濡れた。

「無粋なやっちゃなあ……」

と散太夫は杯を畳に叩き置くと、ぬっと立った。

その威容《いよう》に、やくざも足を止めた。

「これはお客人……とんだところを見せました」

とやくざは謝った。だが、散太夫は一睨み返しただけで、

「おまえもここで遊んでたんか」

と舞の肩をさりげなく抱いて、

「これも何かの縁や。一緒にやらへんか」

「これは、これは……百川先生の知り合いでしたか」

と、やくざは膝を折って座った。

「知り合い？　アホぬかせ。俺と同業者や」

散太夫がきっぱり言うと、やくざはすんなり立ち去った。

芸者たちが倒れた高膳の始末をして、新しい酒の用意を仲居に頼んだ。

「あんた、一体どういう人なんですか……？」

舞は改めて散太夫の迫力に感心した。散太夫は多くを語らない。

「何処の舞台でも、あれだけ人を集める程の人だ。なのに、なんで大舞台に出ないいんです？」

と舞が訊いた。散太夫は一瞬鋭い視線を舞に向けて、

「大舞台で、素浄瑠璃がぜんぶ語れるか？」

「あ……いいえ」

「素浄瑠璃は最初から最後まで語るもんや。ちゃうか？」

そう言った後、散太夫は苦笑いをして、

「余計なことを言うてしもた」

と続けた。口を斜めにして笑う散太夫の顔には愛嬌《あいきよう》があった。

――最初から最後まで歌いたい……やっぱり、義太夫なんだな。

舞は何か通じるものを感じた。興行小屋で得る客との一体感は、今様歌舞曲だけの〝売り〟ではなかった。素浄瑠璃にだって、客と義太夫語りが繋がる血の騒ぎがあるんだ……舞はそう思った。

「おい、何か芸やれ」

と、散太夫は辰吉に、物真似や声色をさせた。辰吉は素直に、何の照れも見せずに、猿や蛙や鳩の交尾をする真似をテキパキこなした。

「こいつは、昔、芸人やってたんや、浅草でな。ものにならへんから、俺が面倒見てんや」

と散太夫は、辰吉を僕《しもべ》のように扱った。それでも辰吉は、にこにこと散太夫の言いなりになっている。

「パーッとやりまひょ！　この土地で稼いだ金は、この土地で落として行く。それが、足を運んでくれたお客様への恩返しっちゅうもんや」

と散太夫はどんどん酒料理を注文し、芸者とはしゃいだ。

「へえ……」

太っ腹の散太夫を、舞は少し見直した。

六

他の早乙女謡組の座員も参加して、一晩ドンチャン騒ぎをした。翌朝、座敷にそのまま雑魚寝《ざこね》をしていた舞たちは、障子戸から差し込む眩《まぶ》しい朝日で目が覚めた。

すでに散太夫は旅立っている。

「いやあ……いい夜だったなあ。だから旅はやめられねえな」

舞がそう言いながら朝食を食べた後、支払い明細を仲居が持って来たので驚いた。

料亭の支払いはすべて、早乙女謡組御一行様についている。しめて二十五両。折角《せっかく》の峰吉の泣き売りがふいになってしまった。

「あのやろう……！」

舞たちの百川散太夫に対する怒りが高まった。

スカンピンになった早乙女謡組は、それでも旅を続けなくてはならない。

汐留橋を渡ったところで、町方の尋問にかかった。

町中の大店が三箇所襲われ、数百両が盗まれたという。

慌ただしく探索をしている町方の中に八十八親分もおり、舞たちに近づいて来た。

客を装って、金をかっぱらうらしい。神楽坂、上野、浅草、富ヶ岡八幡宮、深川木場、汐留……とたしかに、早乙女謡組の足跡と一致する。

「だからって、俺たちとは関係ねえよ」

舞が言うと八十八がさらに顔を近づけた。

「なきゃいいんだがね」

「ヘッ。俺たちを泥棒扱いしてやがる」

舞たちは、不愉快な顔で通り過ぎた。

気分を直して舞たちは猪牙舟に乗りこんだ。

風が強くなり、海鳴りが激しくなった。

芝に向かう猪牙舟の櫓《ろ》が壊れて、なぜか停まってしまった。

「もう……なんや、これは」

峰吉が必死に櫓をギシギシ動かしていると、その横を、百川散太夫が乗った大漁船が通り過ぎた。

「頑張れよ、若い衆。苦労は若さの証や」

そう言う散太夫に、舞は料亭の支払いの事で文句を言うが、柳に風だ。

「命があっただけ儲けもんやろが。ワッハッハ」

と散太夫は猪牙舟を横目に大笑いして、舞たちをからかって通り過ぎた。

ようやく櫓が動くようになったのは、一刻後だった。潮が速くて、危うく沖へ流されるところであった。

散々なおもいで、ようやく芝についた。

『百川散太夫、八戸公演』の幟を見ながら、早乙女謡組は増上寺へと急いだ。

増上寺の舞台は無事にこなし、翌朝、早乙女謡組は、品川宿《しながわじゅく》に来た。

重そうな雲が低くたれこめている。音もなく春の雪が落ちて来た。

「雪……嘘だろう、おい……だんだん淋しくなんねえか……？」

お竜の一言で、みんなは不安になった。

いつぞや、上州の〃恐山《おそれさん》〃と呼ばれる山寺で興行をやったことがある。そこの和尚は、今様歌舞曲贔屓客で、その昔は江戸で自ら座長になって宮地芝居《みやちしばい》などもしていたというから、よほどの芸好きだったのだろう。近頃はやりの今様歌舞曲にも詳しく、中でも早乙女謡組を買ってくれたのだ。

津軽《つがる》三味線はもっと後にそう呼ばれるようになるが、お富士が叩いていた太棹が特に大好きで、色々な所で公演をするために金を出してくれた人だ。品川宿に、同じ浄土宗の末寺があるからと口利きをしてくれて、早乙女謡組の舞台が張れることになったのだ。

「春の雪……か。今年は、天災飢饉《ききん》に地震と色々大変だったからなあ……これくらいは、別にどうってこたあねえか。血の雪が降るわけじゃあるまいしな」

と舞が言うと、お吟がドキッとした目で、

「血の雪、ねえ……そういや、あの内海って同心じゃねえが、俺たちが行く先々で、殺しがあったなあ」

「ええ？」

「忘れたのかよ。俺たちが上州を旅したときなんか……ほら、太田村《おおたむら》の代官、沼田《ぬまた》の庄屋、桐生《きりゅう》の絹問屋主人、伊勢崎《いせさき》の女侠客《きょうかく》など……みんな、俺たちが通った後に、死んでる。こいつらは、みんな何の罪もねえ弱い者をいたぶったり、泣かせたりしてた奴らだからな」

「そういや、そうだ」

「しかも……」

「しかも？」

「背中を、刀で一突きされて殺されてたって話だ」

「……ま、だが、俺たちには関わりねえだろう。俺たちはただ、謡をうたい、舞をまっているだけじゃねえか」

と、お吟が関わりを否定したとき、べべベンと音が聞こえてきた。間合いがよすぎるので、ドキッと耳を澄ますと、ますます明瞭に聞こえてくる。

「待てよ。本当に太棹三味線が聞こえて来ねえか？」

一緒に同行していた桃路は、それに聞き入った。〝津軽三味線〟の力強さ、弾くというより叩きつける音は今様歌舞曲に通じるものがある、と興味津々である。

その三味線を弾いていたのは、誰あろう、百川散太夫だ。

すぐ近くの茶屋風の店先で、お遍路《へんろ》のような白装束を着た数人の老人に聞かせているのだ。老人は目を閉じて、聞き入っている。

桃路とお吟も客の中に混じって聞き出した。

ひとしきり聞くと、老人たちは、

「ええ極楽への土産《みやげ》になったべ」

と、まるで散太夫を神か仏のように拝んだ。お吟も思わず、涙ぐんで聴き惚れていた。

「品川宿を通りかかると、必ず、ここで一曲やるんだ」

と散太夫は言った。散太夫は、幼い時、はやり病で二親《ふたおや》を失った後、親戚の者に連れて来られて、この品川宿で暮らしていたらしい。その時、旅の僧侶が弾いていたのが、この太棹だった。その僧侶は遠く津軽の国から来たといい、津軽音頭、津軽じょんから節などを心地よく、しかも腸《はらわた》に染みいる音で弾いてくれたという。

散太夫は目に涙を浮かべながら、にぎやかな三味線を弾いた……。

「——何考えてんだ、このオッサン」

舞の目は冷ややかだ。

先を急いだ早乙女謡組は、品川宿に着くなり絵双紙を配ったり、瓦版屋に頼んで興行のことを報せてもらったりして歩き回った。

その時、近くの問屋場で盗みがあったと噂話に聞いた。野次馬《やじうま》根性で、その問屋場を見に行くと、辰吉が紙袋を抱えて、人目をさけるように行く姿を見かけた。

「百川散太夫の弟子じゃねえか……？」

舞たちは、辰吉の挙動が気になった。

その夜、前夜祭と称して、早乙女謡組は小さな居酒屋で飲んだ。その店内には、百川散太夫の幟が張られてあった。幟といっても、今でいうチラシみたいなものだ。

「なんだよ、こんなもの」

桃路はその上に、早乙女謡組の幟をペタンと張った。

それを、偶然入って来た百川散太夫が見た。

「…………」

桃路は素知らぬ顔をして、座員の席に戻った。

散太夫は、興行用の幟を持って、まめに挨拶廻りしていたのである。散太夫は、店の主人に平身低頭で、義太夫を聴きに来てくれるようにと頼んでいた。

店の片隅で飲んでいた早乙女謡組は、横目でそのやりとりを見ていた。

「あんなことまでやってよ……まあ、そうでもしねえと来る客はいねえか。せいぜいが、あの深川の揚屋だ。女のケツの前座だよ、アハハ」

と皐月が笑うと、舞たちは吹き出した。

「たしかにな。ああは落ちぶれたくないもんだ、なあ……」

散太夫は、主人に、一節語らせてくれと言った。すぐに主人は承諾した。

すると、おもむろに、しっとりと歌う散太夫の義太夫に聴き惚れてきたのか、客はパラパラと拍手をした。散太夫は深々とお辞儀をすると、何事もなかったように暖簾《のれん》を割って出ていった。

「ああ。いい思い出になった」

と主人は前売りの木戸札を十数枚買った。

「ん……？」

舞が銚子《ちようし》を差し出すと、お竜が湯上がりのように火照《ほて》った顔で呆然としている。

「おい」

舞が濁酒《どぶろく》を勧めた。お竜は呆然としたまま、

「〽怨み憎んだあの人なのにイ……いい思い出だけの未練酒……アハ。よく聞くと、意外にいいもんだなあ……」

散太夫の歌声と、その低姿勢に、妙に感心したお竜であった。

「分かったよ……あのオッサンが三度笠してたのは、深川の揚屋でやる出し物の気持ちを入れるためだったんだ……十八番《おはこ》の面影橋ナンタラの後は、股旅《またたび》ものだったもんなあ」

「おいおい。素浄瑠璃なんかに涙するなよ」

舞たちは、放心するお竜の躰《からだ》を揺さぶった。ハッと我に返ったお竜は、照れくさそうに濁酒をあおった。

舞はみんなに濁酒を注ぎ足しながら言った。

「……しかし、妙だと思わないか？」

百川散太夫のことである。巡業で歓迎されてるとはいえ、そんなに実入りがいいとは思えない。なのに、随分派手な旅をしている。しかも、早乙女謡組と同じ旅程だ。

「たしかに、おかしゅうおすな。まさか……」

峰吉は口に手をやって、立ち上がった。

「なんだよ」と舞。

「まさか……散太夫が弟子の辰吉を使って、こそ泥をさせてるんやないか？」

と勘繰った。

「なるほど……！」

舞たちも同感だ。

翌日、あちこち追って来ている八十八親分に、お竜はそれとなく、辰吉のことを話した。八十八親分は、

「大方の目星はついた。今度は逃がさんよ」

と顔が引き締まった。

「じゃ、俺たちへの疑いは？」

「ま……めがね違いだったってとこだな」

早乙女謡組への疑いは全くなくなったようなので、お竜はとりあえず安堵した。

七

品川宿の興行には、さほど人は集まらなかったが、今様歌舞曲は楽しんでくれた。

客席には、なぜか、散太夫が来ていた。

「この閑古鳥《かんこどり》……カモメに今様歌舞曲を聴かせたようなもんやな」

と散太夫は皮肉を言った。たしかに、素浄瑠璃は海が似合うが、今様歌舞曲はどこか違和感がある。早乙女謡組もそう思っていただけに、散太夫の指摘が痛かった。

だが、あと内藤新宿《ないとうしんじゅく》は大宗寺《たいそうじ》の境内での興行が終われば、江戸城での晴れ舞台だ。

大宗寺は信濃高遠藩《しなのたかとおはん》の菩提寺《ぼだいじ》で、閻魔像があり、三途《さんず》の川で衣服を脱がす奪衣婆《だつえば》の像もあるが、商売の神様としても親しまれていた。

早乙女謡組は燃えた。

しかし、旅にかかった金は〝花代〟や絵双紙の売り上げでは到底、まかなえない。

峰吉はそう算盤《そろばん》を弾いた。金熊座の負債を返すどころか、懐が淋しくなっていくばかりである。

内藤新宿に入ったところの脇本陣に、『百川散太夫之宴』の幟がたなびいていた。

本陣や脇本陣は、大名が宿泊する宿である。だが、甲州街道《こうしゅうかいどう》からは、あまり大名が泊まることはないので、空いているときには一般の客を取ったり、催し物をしていた。

「またかよ……」

大八車を曳《ひ》いてきた舞たちは呆れ返って見ていた。だが、皐月は何かが閃《ひらめ》いたのか、

「待てよ。汐留での仕返ししねえか?」

と散太夫の宴を邪魔してやろうと言い出し、他の座員も悪乗りして、脇本陣の客席に乗り込んで行くのだった。

三百人を超える客で満席だった。

ところが、観客は不満の声をぶーぶー上げている。肝心の散太夫が、まだ着いていないらしいのだ。

始まる刻限を四半刻が過ぎても舞台に現れない。

「おかしいよな……」

舞は他人事ながら心配した。触れれば切れるほど折り目正しい散太夫が約束に遅れるわけがない。

舞たちが楽屋の前で待っていると、やがて、辰吉が現れた。

「た、大変なんですよ！」

辰吉の顔は真っ青になっている。

「なんだ？　百川散太夫が卒中で倒れたのか？」

皐月がそう言うと、辰吉はかぶりを振って、水を飲んで言った。

「散太夫さん……か、かどわかされたんです！」

「かどわかされたア？」

舞たちは突拍子もないことに顔を見合わせた。

「誰に？」

「そんなことわかりませんよ」

辰吉は宿場役人に知らせるかどうか迷っていた。身代金は千両で、散太夫の妻子のところに請求されたらしい。

「妻子がいるんだ」

舞が訊くと辰吉はどもりながら答えた。

「で、でも、もう、ろ、六年も前に別れてるんですよ」

散太夫の元妻の実家はかなりの大金持ちで、その資産は数千両はあるらしい。

「なら……千両くらい……」

と思った舞が甘かった。

「いえね、前のかみさんの実家は、実はこの内藤新宿にあるんすよ。だから、掛け合って来たんすけどね、とうに別れた亭主の身代金なんて払う謂《い》われはない、って突っぱねられたんです」

「ひどいなあ」

「いえ……散太夫さん、昔ァ、あれで博打《ばくち》狂いだったからねえ、かみさんの実家にはかなりの無心をしてて……」

殺されようが、佐渡《さど》送りになろうが、関わりないと交渉には応じないのだ。困ったのは下手人の方だ。迫られた辰吉は、どうしてよいか分からない。

「とにかく……事情を話して、お客さんには帰って貰うんだね」

舞は辰吉にそう説得して、事態を見守ることにした。

早乙女謡組たちは、腹を抱えて笑った。

「あのオッサンが、かどわかしに遭うとは……どうせ、ろくでもないことをしてきたんだ。そのツケが回って来たんだよ」

舞台で必死に客に謝っている辰吉を見て、舞はなんとなく同情した。

後ろ盾の興行主もない。色々な小屋とも約定があるわけでもない。一匹狼の散太夫には、誰も助けてくれる人がいないのである。

折しも——。

内藤新宿の本陣の方では、盛大に『百川夢太夫』の興行が行われていた。

「百川散太夫の弟子だった人や」

峰吉は思い出して、

「千両は無理でも、なんとか力になってくれるやろ」

「そうか！」

辰吉は、本陣へ駆けて行き、興行を終えた百川夢太夫に泣きついた。それには、舞も同行した。

事情を黙って聞いていた百川夢太夫は、渋く眉間《みけん》を寄せて、

「なんで、私が百川のオヤジさんの身代金を払わなきゃならないのです？」

と、あっさり断った。

「そんな……あんた、散太夫さんには、随分面倒見て貰ったじゃないか。そんな言いぐさはないだろ？」

「面倒見てたのはこっちですよ。どこの世界に、弟子から金を借りる師匠がいます

か？　もう千両じゃきかないよ」

「千両役者ならぬ、千両義太夫のあんたにとっちゃ、それくらいどうってことないだろ。でも、それが、自分を見出してくれたオヤジに対する態度かい!?」

物凄い形相《ぎょうそう》で逆上する辰吉を、舞は初めて見た。散太夫の言いなりに、三枚目を演じていた辰吉とは人が違うようだ。

しかし、百川夢太夫は、あくまでも冷静だ。

「あのさ、辰ちゃん……これって、ひょっとしてオヤジの狂言かもしれないだろう」

「狂言!?」

「人を担《かつ》ぐのは朝飯前だからね、あの人」

なるほど……と舞は思った。料亭代を払わされたり、人前で恥をかかされたり、わずか数日の間に、舞たちだって痛い目にあってきた。

「でも……」

辰吉はきっぱり言った。

「自分の客を放ってまで、ふざけた真似をする人じゃないっす！」

「まったく、辰吉ちゃんは相変わらずお人よしだねえ」

と百川夢太夫がからかうように言い捨て、

「ま、田舎モン相手に稼いでちょうだいな。食えなくなったら、いつでもうちへおいでよ。付き人で雇ってあげますから。この先、オヤジについてたって人生の浪費でしょう。ほんと辰ちゃん、お人よしだよねえ」

「うるせえ！　あんたみたいに恩知らずになるよりましでえ！」

そう啖呵《たんか》を切って、辰吉は楽屋から飛び出して行った。

そんな様子を見ていた舞は、しばらく、楽屋の外に突っ立っていた。百川夢太夫が舞に、冷ややかな目を向けた。

「色紙でも欲しいのですか？」

舞は『百川夢太夫』と染められている藍《あい》暖簾をビリッと引き破った。口をぽかんと開けたままの百川夢太夫に、

「地獄に落ちろ！　このド下手！」

と怒鳴って、辰吉を追った。どんな義太夫語りでも、下手糞と言われるほど嫌なことはない。舞は走りながら、苦虫を噛み潰して説教している散太夫の顔を、ちらりと思い浮かべた。

脇本陣に戻った舞は、散太夫と辰吉が陥った状況を早乙女謡組に話して、みんなで何とか救出できないか考えた。

「無理だよ。かどわかしが本当なら町方に連絡して、任せるべきだよ」

と皐月は言う。

「でも、それが原因で、殺されたら……」

そう懸念する舞に、お竜が返した。

「八十八親分さんに頼もうよ。この辺をまだうろついてるよ、きっと」

「それに……俺たちの興行はもうすぐだぞ。こんな事にかかずらってらんねえよ」

お吟も反対だ。

「ましてや、あの人には、怨みこそあれ、恩義なんて何もないしね」

その話には、みんな同感であった。

「恩義はなくはないだろ！　命拾いしたじゃないか」

舞が激しく怒鳴ると、桃路は驚愕《きょうがく》して舞の顔を見た。

「俺一人でも、なんとかするから」

金の受渡し場所は、内藤新宿の問屋場の真ん前である。人通りの最も多い所を選んだのには、何か意図があるのであろうが、それを考える余裕はなかった。

舞は、辰吉と共に現場に向かった。

広場のように広がっている路上は、天気がすぐれないせいか、閑散《かんさん》としていた。

――町方に言わないのが正しかったかもしれない。

と舞は思った。ここに親分が張り込めば、丸見えだからだ。

辰吉は何処から借りて来たのか、石ころの詰まった千両箱を、大事そうに両腕で覆うように抱えている。注意深く周りを見回すが、かどわかしの〝下手人〟らしき人物は見あたらない。

ひらひらと、花びらが舞うように、また粉雪が落ちて来た。

粉雪は辰吉の髷《もとどり》につくと、吸い込まれて消えた。

「ねえ、辰吉さん」

と舞は、辰吉の腑《ふ》抜《ぬ》けた横顔を見た。

「はい」

「あなた、どうして、ここまで百川散太夫について回ってるんですか?」

「はあ……」

「あんなに、いびられてるのに」

辰吉は何か固い物を飲み込むように喉を鳴らして応えた。

「俺、ほ、他に出来る事ねえし、散太夫さん、あれでも結構いいとこ、いっぺえあるし」

「うん」

「あまり大きな芝居小屋は出ねえっつうか、信念あって、それ、ずっと前に売れてた時からそうだし……素浄瑠璃って、人の、目の前に来てくれた人に、てめえの喉と体で聴かせるもんだって」

「目の前の人に、ねえ」

「偏屈《へんくつ》だとは思うけど……」

辰吉はあんぐり口を開けて空を仰ぐと、舌を出して、落ちて来る粉雪を食べた。

その辰吉に、一人の子供が近づいてきた。そして、文を手渡した。それは、〃脅迫者〃からで、こう書かれていた。

『玉川《たまがわ》の桜堤、一の橋の南端に行け。その真下に、猪牙舟を停《と》めてある。その舟めがけて、千両箱を落とせ。今すぐにだ。ためらったら、そのまま去る。百川散太夫の命はない』

と達筆で書かれていた。

舞と辰吉が玉川の桜堤という所まで行くと、たしかに橋の下に猪牙舟が停まっている。

「ど、どうしよう」

辰吉は、千両箱の中身が石ころだということが気になっている。下手人が確認したら、散太夫はすぐにでも殺されるかもしれない。

「いや」

と舞はきっぱり言った、

「下手人は金が目的なんだ。やたらめったら殺したりしないよ。ああ、殺すんなら、もうやってる」

辰吉が頷いて千両箱を落とそうとするのを、舞が止めた。

「待って。時を稼ごう。俺が向こう岸の船着き場に行ったら、落としてくれ。しかも、猪牙から少し外すように。いいね!」

舞はそう言うと船着き場の階段に走った。舞がそこに停まっている小舟に乗り込むのを見届けると、辰吉は橋から千両箱を投げた。

千両箱は直下に落下した。が、予定通り、千両箱は猪牙から離れた船着き場に落ちた。

素早く猪牙舟の薦《こも》が開いて、頰被《ほおかむ》りをした男が飛び下りて来た。慌てた様子で、千両箱を拾うと、懸命に担いで舟に戻った。その間、一瞬だけ、下手人は橋の上を見上げた。頰被りで顔は見えなかった。

猪牙舟は一度、傾《かたむ》いたが、櫓の軋《きし》み音を上げて、川を下って行った。その直後、舞が駆けつけて来た。目を細めて舟の刻印を見たが、汚れて判読できない。

「くそッ！」

地団太を踏む舞の前に、峰吉が漕ぐ小舟が近づいて来た。もちろん、お竜、皐月、お吟、桃路が乗っている。

「早く早く！　峰吉さん！」

桃路が急かした。

「——おまえら……！」

舞が飛び乗ると、小さくなった猪牙舟を追跡するために、峰吉は必死に漕いだ。

「こんな事もあろうかと先読みしてたってわけ」

算盤が得意な皐月が笑顔で舞の肩を叩いた。

下手人は土地勘があるのか、入り組んだ掘割でも、躊躇《ちゅうちょ》することなく漕ぎ続けた。

峰吉は付かず離れず追跡した。

八

一刻ほど走ったであろうか。猪牙舟は、遠くに富士山が見渡せる水路を、さざ波をあげて通り抜けると、広い川原に出た。砂利採掘普請《じゃりさいくつふしん》の飯場《はんば》小屋がある。

猪牙舟は、小屋の前で停まった。

「捕らえられてる所はあそこやな!?」

峰吉はさらに櫓を漕ぐ力を入れた。もちろん、若い奴らも交代で漕いで、猛烈な速さで小屋に突進させる勢いだった。下手人が猪牙舟から降りる直前、峰吉は舟ごと激突した。激しい反動で、下手人は千両箱を持ったまま、川原に投げ出された。

同時、小舟から飛び出したお竜は、起き上がりかけた下手人めがけて張り手をぶちかました。下手人は弓反りになって再び砂利の上に倒れた。ガツンと後頭部を打って、頬被りがハラリと取れた。露《あらわ》になった目はうつろになっていた。一瞬のことで何が起こったのか理解できない様子だ。

下手人の腕をお竜がねじ上げると、舞が顔を覗き込んだ。五十過ぎの目尻が皺《しわ》だらけの男だ。

「散太夫さんは何処だ⁉」

「………」

「言え！　でねえと、首が折れちゃうよ。その男、小伝馬町《こでんまちょう》牢屋敷に戻りたくてうずうずしてんだぜ」

と舞はお竜を指した。下手人は懸命に、喘《あえ》いで言った。

「ゆ、許してくれ。借金で首が回らないんだ」

「じゃあ、回してやるよ」

お竜の太い腕に力が入る。

「ま、待て！　百川散太夫は、高田馬場《たかだのばば》姿見橋《すがたみばし》近くの、清水屋《しみずや》という名主のお屋敷にいる。本当だ。信じてくれ！」

「清水屋……⁉」

「ああ、本当だ。本当だ」

下手人は情けない声で白状して、

「おしまいだ。もう、これで、何もかも終わりだ！」

「あれ？」

と皐月が首を傾げた。

「このオッサン、どっかで見たことあるような気がするけど」

他の早乙女謡組はじろり見たが、まったく覚えがない。

「とにかく、散太夫さんだ」

下手人はお竜に任せて、舞たちは、姿見橋へ急いだ。

早く片付けないと、興行が後、二刻足らずで始まる。遅れたりしたら、半端モンとして今後ずっと汚名を着せられることになる。舞は、散太夫探しを急いだ。

下手人が吐いた通り、散太夫は清水屋の別邸にいた。

だが、様子がおかしい。散太夫は、回遊式庭園の大きな御影石《みかげいし》の上で、素浄瑠璃を歌っているのだ。

「……なんだ？」

他の早乙女謡組を残し、舞がそっと近づいて行った。散太夫は、目で軽く挨拶するだけで、歌い続けた。

中庭に面している座敷には、数人の人がいて泣いている。彼らは、布団に眠っている白髪の老婆を見守っていた。いや、眠っているのではない。老婆は表情こそ穏やかだが、明らかに死んでいた。

――どういうことだ……？

歌い終えて瞑目《めいもく》する散太夫に、舞は近づいた。

「百川さん。あんたかどわかされたんじゃないの？」

「かどわかし？」

散太夫の知らないことだった。

「おまえこそ、なんで、こんな所に来たんだ？」

肩透かしをくらった舞に、散太夫は言った。

散太夫は、死に際に散太夫の歌を聞きたいという老婆を、興行の刻限を遅らせてまで、見舞いに来ていたのだ。老婆とは格別な関係があるわけではないが、本当は舞台を観に来るはずだったらしい。危篤《きとく》だとの知らせを受けて、老婆の遺言である、散太夫の歌を聴きたい希望を叶えてあげたのだ。

どうやら下手人は、この事情を知って、散太夫が行方不明だということを利用して、かどわかしをでっちあげたらしい。

「婆さんはな、俺の歌を経文《きょうもん》代わりに聴きながら、安らかに死んでいったよ」

散太夫は鼻をこすり上げた。

「あのねえ……」

舞は、老婆には同情したが、呆れてものが言えなかった。

「どうした？」

「――それならそうと、辰吉さんに話しておけよなッ」

舞は、清水屋の遺族に一礼すると、内藤新宿の今様歌舞曲興行に急いだ。

今様歌舞曲興行は、もう始まっている。

早乙女謡組の出番は間もなくだ。

「楽器もねえ。今から借りるのは無理だよ」

お吟と皐月に、諦めの表情が走る。しかし、舞は諦めない。

そんな早乙女謡組の前に、辰吉が追いついて来て、言った。

「早く、舞台に行けよ。三味線や笛、太鼓は散太夫さんが用意した」

「どうして？」

「さあ……」

痛い目に遭わされた散太夫を信じきれないと、峰吉は言うが、舞は、辰吉の言葉を信じて走った。

『今様歌舞曲』の客席は、かすかに舞う雪を溶かしてしまうほど熱気ムンムンだ。

大勢の客で溢れている。

舞たちは、予定時刻をわずかに遅れただけで、舞台に上がった。だが、衣装は普段着のままで、化粧もしていなかった。

舞は、神楽坂赤城神社から始まった『大江戸巡り』を振り返って、楽しかったと語る。そして、しんみりと続けた。

「俺は宿場町生まれです。だから、内藤新宿のような人の往来がある町に来ると、故郷に一人残した母親を思い出します……母ちゃんにちょっとだけ懺悔《ざんげ》して、歌います！」

散太夫の真似だ。ドッと歓声が起こり、拍手が沸き上がった。

早乙女謡組の座員は舞の〝喋り〟が嘘《うそ》だと納得しながら、出だしを奏ではじめた。いつも以上に心をこめて歌い踊る舞の舞台は、客たちを巻きこみ、これ以上ない盛り上がりを見せて終った。

興行での受けは確かだった。舞はそう確信した。

その直後、催し物を終えたところへ、八十八親分が訪ねて来た。

「たいしたもんだな」

「どうも、ありがとうございます」

「そうじゃないんだよ」

「は？」

舞台を褒《ほ》めてくれたのではないようだ。

「おまえらを追っかけるために、こそ泥をしてたんだってよ」

問屋場などで起こった盗みは、早乙女謡組の熱狂的な贔屓客が、その興行旅を追う資金欲しさにやった事だったのである。

「しかも、みんな十四、五歳の町娘だ」

舞は嬉しい反面、申し訳ない気がした。

「だが、あんたが悪いわけじゃない。ま、頑張んな」

と八十八親分はそう言って、かどわかし事件の顚末《てんまつ》も舞に伝えた。

お竜が捕らえて町方に差し出した下手人は、なんと、行方を眩《くら》ましていた金熊座の座元だったのである。

「そうだ。思い出した。だから言ったろ、どっかで見たことあるって」

皐月が声を上げると、舞もなんとなく思い出した。舞台稽古をしていて、楽屋が空になったとき、昼飯の弁当を横取りして食べていた座元だ。

芝居小屋が借金で立ち行かなくなり、昔からの知人の散太夫の女房が大金持ちだと思い出して、座元は偽りのかどわかしを決行したらしい。

興行に穴をあけた散太夫は、『百川夢太夫』の〝追加公演〟で、前座に出して貰った。そこへ、百川散太夫之宴を観ることのできなかった客が入れるよう配慮したのである。

舞台で、散太夫は、夢太夫の幇間役《ほうかんやく》を見事に演じていた。

客席の一番後ろで、舞が見ていた。

「元気だせよ、散太夫さん。いつもの怖い散太夫さんでいろよ」

舞は心の中でそう呟いた。

「歌は人と人の心の触れ合いでしょ。そんな奴に負けないでくださいよ！」

散太夫は、満面の笑みで、百川夢太夫を盛り立てていた。

大江戸巡りが終わった。結局、お富士の怪我も治らず江戸城での『今様歌舞曲勢揃』への参加はできなかったが、江戸に別れを告げようとした早乙女謡組の前に、金熊座のある人形町の興行主から打診がきた。

「ほら、渡る世間に鬼はないっていうだろ」

舞は、また頑張れると思ったが、興行主の用は桃路だけにあった。意外なことに、桃路を、ただの神楽坂芸者にしておくのは勿体《もったい》ないと申し出たのだ。今様の女歌舞伎の〝立役《たちやく》〟にならないかというのだ。

「女歌舞伎？　それって厳禁では？」

「松平定信様が、特別にお許しになるとか」

「嘘でしょう」

こうやって騙《だま》す輩《やから》も多いのだ。だが、煽《おだ》てられて、桃路はその気になり、芸者魂が燃え上がったのか、一度は大舞台に出てみたいと思い描くのであった。

「頑張れよ」

こころよく同意した早乙女謡組の面々は、今回の旅を振り返りながら、

「……なんだかさ、俺たちも、これから、もっとちゃんとやらねえとな」

と桃路とは別れを告げた。

峰吉だけが、座員との再会を信じて、猪牙舟を荒川まで漕いだ。散太夫の歌を口ずさみながら……。

その散太夫もまた北へと旅立とうとしていた。

「百川散太夫……」

声に振り返ると、そこには綸太郎が慄然《りつぜん》とした姿で立っていた。

「こ……これは、上条のぼん……」

「なんのつもりや」

「は？」

「あの若い連中にも、おまえと同じ罪を背負わせるつもりか？」

「……ぼん」

「おまえが……本阿弥家から、允可《いんか》を貰うとることは承知しとる。どうせ、うちの親父からも〝添状〟を取っとるのやろ」

允可も添状もお墨付のことである。

「………」

「どこにあるのや……惚けんでもええ。〝天国閻魔〟が暴れとる。ああ、おまえが通り過ぎた後にな」

「その話は、ぼん……」

「もしかしたら、おまえは自分の〝後継ぎ〟を探していたのやないか？　ああ、おまえが閻魔堂に奉納した〝天国閻魔〟を扱える奴をな」

ためらいがちに目を伏せて首を振り、綸太郎の口を塞《ふさ》ぐような仕草で、

「言わぬが花でございましょう。この私が、大坂での浄瑠璃語りを棄《す》てて、諸国遍歴の素浄瑠璃に徹してるのは、ぼん……上条家のためでっせ……〝天国閻魔〟は、どこ

のどの名工に渡して潰そうとしても、そりゃ土台無理な話や。そのことは、ぼんが一番、知っておるはずや」

「…………」

「それと、もうひとつ……心配なさらずとも、早乙女謡組の奴らには、旅芸人でも、私と同じような〝遍歴〟はさせまへん。はい、お約束いたします」

「散太夫……」

「江戸城の催し物に入れなかったのは、奴らにとって幸いなこってす。でないと、またぞろ松平様の毒牙が仕組まれるかもしれへんさかいな」

定信は旅芸人など全国を行脚するものを、自らの手駒にするために『今様歌舞曲勢揃』を催していたのだ。

毅然と見つめて断じると、散太夫は深々と頭を下げて綸太郎に背を向けた。そして、一歩一歩、地面を踏みしめるように立ち去った。

――もう二度と会うことはあるまい。

と綸太郎は思ったが、その後、散太夫がどうなるかなど知る由もなかった。

ただ、綸太郎は、桃路や峰吉を、早乙女謡組に近づかせて、魔道へと導かれるのを阻止することができた。そのことに、ほっと胸を撫で下ろしていた。

第四話　おけら坂

一

初夏の光をキラキラとさせている牛込濠《うしごめぼり》を背にして神楽坂を登ると、石畳の路地が迷路のように入り組んでいる。

起伏のある坂は、逢坂《おうさか》、庚嶺坂《ゆれいざか》、地蔵坂《じぞうざか》、朝日坂《あさひざか》など色々あるが、誰が呼んだか、おけら坂は丁度、この界隈《かいわい》をぐるりと半円で囲むように続いていた。武家屋敷や商家の寮、さらに料亭などの黒塀が並ぶ通りが、ゆるやかな坂とあいまって、訪れる者たちの心を妙に和《なご》ませる。

外堀からの湿《しめ》った風の通り道が幾《いく》つもあって、爽《さわ》やかに迷路のような路地を吹き抜けていた。三代将軍家光《いえみつ》公の治世に広がったという小路に櫛比《しっぴ》するように、呉服問屋、菓子問屋、油問屋、小間物屋、小料理屋などがずらりと並ぶ。上野広小路や両国橋西詰のような賑《にぎ》やかさとは、まったく逆の瀟洒《しょうしゃ》で落ち着いた雰囲気が漂っているから、まるで京か鎌倉の寺社の裏道でも通っている風情《ふぜい》が楽しめた。

だが、十日に一度だけ、この通りがいつもの雰囲気とは違った殺伐《さつばつ》とした坂となる。

朝、神田川河岸の方から意気揚々と闊歩《かっぽ》して坂上に来ていた者たちが、夕暮れになって帰るときは、ほとんどの者が人生を投げ出したような悲痛な顔をしているのだった。

「このやろう！　儂《わし》はもう死んでやる」
「もう、だめだ……また家賃が払えん。追い出されてしまう」
「こうなったら、ヤケのヤンパチだ。盗みでも殺しでもしてやるッ」
「いっそ、閻魔様に殺されてえ！」

などと、物騒なことをぶつぶつ吐き出しながら、重そうに足を引きずっているのだ。いずれの顔も、自ら地獄に堕《お》ちるか、関わりのない人を巻き込んで酷《ひど》いことをするかという切羽詰まった怖《こわ》さがあった。

人々はみな、地蔵坂に繋《つな》がる毘沙門天善国寺《びしゃもんてんぜんこくじ》の裏にある旗本屋敷から、すってんてんになって帰って来ている連中である。むさい男たちだけではない。中には背中に赤ん坊を背負った女や、足が悪くて杖《つえ》をついている老人なども混じっている。

旗本屋敷とは、水野十郎左衛門《みずのじゅうろうざえもん》という江戸初期の旗本奴《やっこ》と同姓同名の拝領屋敷だが、血縁はない。ただ、寄合旗本の中でも柄が悪いらしく、まるで博徒《ばくと》のような暮しぶりらしいが、将軍家とは縁戚にあたるので、素行の悪さを注意する幕閣や旗本はあまりいない。

寄合旗本は無役だが三千石を超える者だから、無聊《ぶりよう》を決め込んで、悪さをしていても不思議ではなかった。

とまれ、幾ら損をしても、十日に一度、〝開帳〟される水野邸内での賭博《とばく》を楽しみに行く町人たちは後を絶たない。それどころか、回を重ねるごとに、訪ねる人々が増えているから不思議である。そして、旗本屋敷を訪ねた思い出にと、金魚玉を持ち帰る者もいた。

金魚玉とは、硝子《ガラス》の玉の中に金魚を入れているもので、〝丸っ子〟と呼ばれる観賞用の遊具である。高価なものだと二両や三両もして、鑑定の箱書きまでついており、到底、庶民が手にできるものではない。が、おけら坂を家路に急ぐ人々が手にしているものは廉価《れんか》なものだった。

そんな人々の様子を見ながら、『咲花堂』から、善国寺の裏参道をぶらり歩いていた綸太郎は、傍らの峰吉に尋ねた。

「旗本屋敷の中間部屋《ちゆうげんべや》といえば、お上に隠れて賭場を開くと相場は決まっているが、幕府のお偉方のくせに難儀なこっちゃな。幾ら大身の旗本かて……いや、大身の旗本やからこそ、御法度の博打なんぞ、あかんのと違うのか？」

「若旦那、知らんのどすか?」

「なにをや」

「そこが、頭の切れる水野様の水野様たるところですわ」

「だから、なんのこっちゃ」

「水野様のお屋敷の中で行われているのは、サイコロ賭博ではのうて、これが珍しいことに、金魚会《きんぎょえ》どす」

「金魚会?」

「もちろん、表向きですが、金魚の品評会には間違いあらしまへん」

「どういうことだ」

「へえ。水野様は無類の金魚好きで知られてまして、ランチュウやらリュウキンなど高価で珍しいものを、屋敷内の大きな池の中で飼うてるらしいんです……来たお客はんは、その中から好きな金魚を選んで、〝走魚《そうぎょ》〟させるんどす」

「そうぎょ? なんや、それ」

「私も初めて聞いたのどすが、六尾の金魚を、それぞれ長い竹の中を泳がせて、どの金魚が一番早く泳ぐかを、競わせる遊びですわ」

「泳ぐのを競わせる……?」

「丁度、流しそうめんの竹みたいなのに、金魚を入れて、一斉に泳がせるんどす。犬や馬の早駆けみたいなものでっしゃろか」

「金魚でそないなことができるんかいな」

「らしいでっせ。明かりのある方へ行く癖《へき》があるらしいさかい、それを利用して遊ぶらしいんですわ」

「なるほど……」

それで、どれが一番か二番かを、前もって予想して、当たった人は賭け金が何倍かになって戻ってくるという仕組みである。今でいう競馬の金魚版であろうが、金のやりとりは屋敷内で行われているから、町方役人が押し入って調べるわけにもいかない。

むろん町奉行としても見過ごすわけにはいかないので、老中を通して水野に「賭場を開くな」と勧告などを行っているが、

——ただの金魚の品評会。

と言うだけで、金銭のやりとりがあることは話さない。

町方の方では、内海弦三郎も、水野の屋敷内で賭け事をしたと思われる職人や商人を自身番に引っ張って来て、脅《おど》したり賺《すか》したりしながら本当のことを喋らせようとし

ていたが、一切口を割らない。白状すれば自分もお縄になるからである。

賭博は御定書《おさだめがき》の第五十五条に記されているとおり、場所や金を貸して博打をさせた者も、した者も遠島の刑が待っている。それを承知で、ぞろぞろとおけら坂を往来するのは、水野様だから安心だという思いがあるのであろう。誰もが申し合わせたように、金魚会に行ったと言うだけである。ゆえに、町奉行所も放置せざるをえないのが実情であった。

しかし、近頃、少しばかり様子が変わって来た。

金魚会に出向くために、鑑札《かんさつ》を受けていない両替商から金を借り、その返済に窮《きゆう》して、取り立てに追われて一家心中する者が出たのである。北町奉行榊原主計頭《さかきばらかずえのかみ》の命令で、水野家に出入りした者を悉《ことごと》く調べて、

「後で、嘘偽りが発覚したときは、親兄弟親族一党も処罰するゆえ、そう心得よ」

と厳しく探索を始めたからである。榊原主計頭は民政に通じており、江戸町民に対して決して強硬策を講じる町奉行ではなかったから、水野十郎左衛門をおとなしくさせたいためであろう。

「で……結局、水野様の屋敷に入ったものの、財布の中身がスッカラカンになるから、〝おけら坂〟というのかいな」

綸太郎が呆《あき》れたように問いかけると、何でも知ってるぞとしたり顔になって、峰吉は答えた。あちこち出歩いているから、人の噂話やしょうもない裏話だけは仕入れてくる。

「まあ、それは、洒落《しやれ》で後で呼ばれるようになったんでしょうな。この坂には、その昔、おけらが仰山《ぎようさん》、自生してたらしいのや」

「おけらて、あの胃の薬になったり、蚊遣《かやり》に使うやつか」

「へえ。京の八坂《やさか》さんでも、大晦日《おおみそか》から元旦に、〝おけら祭〟やらはるでしょ。あのおけらのことですわ」

菊のような草花のことである。しかし、今は咲いてないどころか、道端にその影もない。そして、文なしばかりが歩く、水野邸から牛込濠までの小道を、誰ともなく、おけら坂と呼ぶようになったのである。

「なんにしても、人が大勢通るということは、神楽坂にとってはええこっちゃ。うちの店にもぶらり入って、五十両、百両の金が落ちんとも限らんですからなあ」

「あほか。そんな酔狂な奴はおらんやろ。金魚会という博打で大金をせしめても、また他の博打に使うか、そうでなきゃ借金を返すか、日々の暮らしに使うやろ。何にしろ、博打で勝って家建てたちゅう人の話は聞いたことがない」

「ま、そりゃ、そうですなあ。コツコツが一番、あはは」

「何を笑うとる。おまえが一番、山っ気があるのやないか」

「若旦那……」

と峰吉は照れくさそうに首筋を掻きながらも、

「でも、ほんまどっせ。この町の人は、おけら坂に集まってくれるだけでも、人が来てくれるのは嬉しいのどす……いつぞやは地震や火事、おまけに雷まで落ちて、そりゃ酷い目に遭った。一面焼け野原ってわけではありまへんが、何年もかかって、町を作り直したのやないですか」

「うむ……」

「それに、去年の暮れは、例年になく寒くて坂が雪だらけで、荷車も通るのが難儀やった。だから、物もなかなか運ばれて来ないので、江戸の他の町の賑々《にぎにぎ》しさとは違うて、町の人々の懐《ふところ》までが寒うなった。そやけど、町中にようやく笑いが広がりはじめたのは、水野様の金魚会のお陰どっせ」

「おいおい。おまえは肩を持つのか、水野様の」

「そりゃ悪いことですけどね。別に胴元役の水野様がそれで金儲けしとる訳でもないでしょうが。そんなことせえでも、三千石の御旗本や。金には困ってませんでしょ。

金魚会で得た金は、神楽坂の町内へ神社や寺を通じて寄贈されてるのとちゃいまっか？　そやさかい、誰も悪口は言わんし、賭博とは思うてへんのです」

「まあ、そうかもしれんが、水野様は偽善者やと聞いとる。裏には……」

と綸太郎が、峰吉の屁理屈に反論をしようとしたとき、近くの寄席から、どっと人が溢れるように出て来た。

おけら坂から横丁に入ったところに、〃笑い坂〃があって、突き抜けると弁天《べんてん》坂に至る。笑い坂というのは、急すぎて膝が笑うからだというが、この狭い坂道に沿って、五代将軍の治世頃に〃落とし噺《ばなし》〃の寄席があったから、笑い転げる坂、とも呼ばれていた。

だが、元禄《げんろく》年間、落語家の始祖の一人、鹿野武左衛門《しかのぶざえもん》があらぬ罪で島流しになってから、一旦、下火になった。それが、天明《てんめい》期になって、烏亭焉馬《うていえんば》が向島で噺の会を開いてから、次々と江戸のあちこちで落語の興行が開かれ、多いときには二百五十軒を超える寄席があった。

神楽坂にある『湯亭《ゆてい》』も、まさに芋洗い状態に人が集まっていた。元は湯屋の二階を使って、落語を楽しんでいたからである。

不景気な世の中、一時の夢に浸《ひた》ろうと老若男女がひしめいていたが、少し離れた所には、怪しげな見世物小屋もあって、女が裸を見せたりもしていたようだが、この町の風情には合わないので、両国橋に移った。

　寄席に並んで、小さな芝居小屋もあったが、客足はあまりない。まどろっこしい歌《か》舞《ぶ》伎《き》もどきよりも、とにかく笑い転げたかったようだ。

　しかし、『湯亭』から人の波に混じって出て来た桃路と玉八は、冴えない顔つきで、ぶつぶつ言いあっていた。桃路はもちろん芸者の格好ではない。化粧も薄く、髪も櫛《くし》巻きにしていると、いつもより若く、華奢《きやしや》に見えるから不思議だ。

「なんだかなあ……あれだったら、小鉄《こてつ》ッちゃん夫婦の喧嘩《けんか》見てた方がましだわよね」

　と桃路が言うと、玉八は当を得たように頷いて、

「いいこと言うねえ。さすがは桃路姐さんだ。見に行こう、見に行こう」

「え？」

「小鉄ッちゃんとこへだよ。夫婦喧嘩。あの二人の喧嘩見てたら、妙にスカッとするからなあ。やめられん」

　口をとんがらせた玉八がひょこひょこと歩き出すのを、桃路が追いかけた。その二人を綸太郎と峰吉は眺めていたが、人が多いせいか、まったく気づいている様子がな

い。

「若旦那……店に帰りまひょ。どうも、あの二人には、あまり関わりとうありまへんし」

と路地に滑り込んだ峰吉は、スタスタと神楽坂の方へ戻って行った。

「小鉄ッちゃん夫婦て誰や」

綸太郎が気にかけると、峰吉はまたまた井戸端会議をする長屋のおばはんのように、

「あれまあ、若旦那。ぼんぼんは、さすがにほんま町中のことには疎《うと》いでんなあ」

と、からかうように手招きしてから、実に嬉しそうに笑みをこぼした。

二

小鉄ッちゃんと呼ばれている男は、神楽坂と並行している軽子《かるこ》坂下の突き当たりで、神田川の河岸、その桟橋に面してある『矢車《やぐるま》の小鉄』を夫婦で営んでいた。鉄《てつ》次《じ》と千鶴《ちづる》である。

『矢車の小鉄』というのは、神田佐久間河岸に三十年程前からある大八車屋で、主に

河岸に揚がる荷を江戸中に届ける仕事を請け負っている。

元々は、先代が始めたことだが、三年程前に病死したために、先代の娘だった千鶴と一緒になった鉄次が、大将としてやっている。鉄次は入り婿で、二代目を襲名したのである。大八車はわずか五台。雇《やと》っている人足も二十人足らずだが、神楽坂を一気に駆け上がる〝馬力〟が売りで、しかも速いから『矢車』という。この界隈を根城に牛込、小石川《こいしかわ》、小日向《こびなた》、駒込《こまごめ》、根津、湯島《ゆしま》、神田、市《いち》ケ谷《や》から四谷《よつや》大木戸あたりを、毎日のように引き回っている。

神田川は、江戸の西と東を結ぶ、重要な河岸である。店は、火事で焼け残った二階建ての屋敷を改築したもので、小鉄夫婦はその二階で暮らしていた。

十畳一間という、がらんとした空間であったが、小鉄夫婦にとっては最高の住み家だった。つい一月ほど前までは、女郎屋だった屋敷の板間二畳分だけの窮屈な部屋を借りて住んでいた。千鶴のお腹が目立ち始めたので、地主の大家が気をきかして、住まいを与えてくれたのである。

店賃が只《ただ》の代わりに、夜遅く来る荷船の点検という仕事をしなければならなかった。夜間の往来は禁止されているが、大名屋敷宛てなどの緊急の荷もある。夜中の九つを過ぎて着く荷船を待っている間に、鉄次は酒をかっくらって鼾《いびき》を立てるのが常だった。やむをえず、千鶴が大きなお腹を抱えて、仕事をするのである。

鉄次は、先代に奉公する前は、猪牙舟《ちょき》の船頭をしていたから、その名前の通り筋骨隆々とした勇ましい男であった。四斗樽を軽々と持ち上げる力自慢である。先代も神田の無法鉄といわれるほどのやんちゃな男だった。上州に尊敬する任俠の親分がいて、その人の名は大鉄というから、自分は〝小鉄〟と名乗っており、酔っぱらうと相手構わず喧嘩をすることが多かった。鉄次もその名にあやかるかのように、事あらば大暴れする二代目〝小鉄〟であった。

喧嘩相手のカミさんは、鉄次と幼馴染《おさななじ》みのチャキチャキ江戸っ子娘。土佐では、男まさりの女を〝はちきんさん〟と呼ぶが、江戸では気性のあらい魚にたとえて、〝スズキンさん〟と言っている者もいる。鋭い歯と背鰭《せびれ》を持つスズキという魚からきたのであろうか。

夫婦とはいえ、まさに鋭い刃と刃のしのぎあいである。互いに気が強いせいか、丁々発止《ちょうちょうはっし》の喧嘩が絶えない。下手に仲裁に入ると怪我をするから、他の奉公人たちは火の粉をさけるように、見守るしかなかった。鉄次も千鶴も、毎日、どこかしらに生傷を作っていたのである。

「おーい！　小鉄、いるかァ？」

玉八が『矢車』の表まで来て、声をかけた。いつもなら、修理中の大八車の車軸を外して不具合を直しながら、

「おお、オコゼ。酒持って来たか!?」

と小鉄の返事が戻って来るのだが、今日は姿がない。奥から出て来て顔も見せない。荷船が河岸に入って来てないせいか、いつもは忙しく出入りしている千鶴の姿もない。

「おかしいわねえ……」

桃路も不思議そうに見回した。

店といっても、大八車は表の桟橋近くに止めてあるから、土間と帳場があるくらいである。千鶴は、荷船から大八車に移し替える荷の種類や数を確認する仕事を受け持っており、何事も自分でやらないと気が済まない女だから、店にいないはずがない。

他の奉公人たちは遊び人が多く、算盤《そろばん》は苦手ときているので、店の勘定帳についてはすべて千鶴の仕事だった。その手伝いをしているのが、唯一、大店《おおだな》で番頭をしたことのある男で、隠居して後、『矢車の小鉄』で、千鶴の面倒を見ている。その清蔵《せいぞう》という番頭役に体を支えられるように、千鶴がしくしく泣きながら奥から出て来た。

八ヵ月の身重の千鶴は、お腹がポンと突き出ており、小柄なせいか作り物の狸《たぬき》に

見える。「ちーちゃん。一体、どうしたの?」

幼馴染みでもある桃路が怪訝《けげん》そうに、千鶴の顔を覗き込んだが、顔をくしゃくしゃにして嗚咽《おえつ》していた。かつて、千鶴の涙など見たこともない桃路と玉八だ。威勢のいい夫婦喧嘩を見ようと思って来たのに、これでは肩透かしである。

夫婦喧嘩が限界を越して、とうとう離縁するハメにでもなったのだろうかと、と桃路は心配して、さりげなく千鶴に問いかけたが、

「そうじゃないんだよ……この子が生まれて来るっていうのに……ああ切ない……身内に、咎人《とがにん》が出てしもうた」

と、益々泣きだすばかりである。

「て、鉄次さん、なんかしたの?」

「酒飲んで、またやくざ者と喧嘩したんだな。それで、刃傷沙汰《にんじようさた》になったんだな!?」

立て続けに言って、身を乗り出す桃路と玉八に、千鶴は首を振った。

「そうじゃない……そうじゃないです」

玉八は少しだけ安心して胸を撫で下ろし、

「だろう、だろう。俺と鉄ちゃんの仲だ。お互いガキん頃から、悪さばかりして来たが、人をあやめたり、物盗んだりする奴じゃねえことは、よく知ってる、ああ」

「…………」

「だがな、あの義侠心だ。まさに無法鉄の血が騒いで、お節介が過ぎて……ってこともあらあな。それでもよ、何があっても、俺たち味方だ。ささ、ドンと大船に乗ったつもりで話してみな」

「違うんです、玉八さん」

と千鶴は濡《ぬ》れ鼠《ねずみ》のようにしょぼついた目で、

「うちの亭主の兄さんが……盗みを働いたんです」

「盗み⁉　兄さんて、あの重吉《じゆうきち》さんかい？」

「はい」

玉八も桃路も卒倒するくらい驚いた。

「まさか。あの人、お侍に生まれたなら、昌平坂《しようへいさか》学問所に行けるくらい頭のいい人で、儒者《じゆしや》の林家の塾で勉学して後、算学も学んで、両替商『上総屋《かずさや》』で二番番頭しとる……クソがつくほどまじめな……」

「その上総屋から、盗んだんですわ。店の金、三百両」

「さ、三百両⁉」

桃路と玉八は卒倒するくらい驚いた。江戸で一番の大店に二十年勤める大番頭でも、年の俸給が百二十両ほど。並ならば、その半分で、小さな店ならば、せいぜいが十数両である。重吉は二番番頭とはいっても、勉学ができたから特別に引き上げてくれただけで、まだ三十前の男が手にできるはずのない大金だった。

「そんな大金、どうするつもりで……」

と玉八も怪訝に思ったが、千鶴は腹を突き出したまま首を横に振った。

玉八も何度か重吉に会ったことがある。いかにも頭がよくて優男《やさおとこ》風の男前で、あらくれ男丸出しの弟の鉄次とは、親が違うのかと思うほど似ていなかった。

「さあ、そんな大金、どうするか分からないけど……生まれて来るこの赤ん坊の伯父《おじ》が、晒《さら》し首になる咎人だ、そう思ったら涙が出て来てねえ……」

「そうだな……親類にそんなんがいるってだけで、下手すりゃこの子の将来にも関わって来るもんなあ」

桃路と玉八は、すっかり気分がめいってしまった。

鉄次は、三男の省太《しょうた》、妹のお信《のぶ》と一緒に、重吉の行方を探しに出かけていないのだ。桃路と玉八も、心あたりを探してみると、広小路の方へ戻って行った。

「ほんとに、まいったわ……」

千鶴は清蔵から離れると、桟橋に接岸する荷船を悲痛な顔で見ていた。

三

夜中になって、『矢車の小鉄』は急に慌《あわ》ただしくなった。

いつもの荷船に加えて、郷里の親戚の者たち、家主や町役人ら町内の者がドヤドヤ押しかけて来たからである。

郷里といっても、両国橋を渡って、葛西《かさい》にある小さな村である。次男坊の鉄次は幼い頃、神田の親戚の家に養子に出されたから、あまり馴染みはないが、鉄次の生家は葛西宿で米問屋を営んでいた。結構な田畑も持っており、米や野菜を作っていたが、もっぱら小作に任せていた。

江戸の大店に奉公させた長男が、盗みを働いたというのだから、大騒ぎである。十両盗めば首が飛ぶ。連座制はなくなっているものの、これだけの大金で、しかも奉公先の金を盗むとなれば、不忠義も同じ。それが事実なら極刑は免れまい。本家の大叔父、伯父、母方の叔父らが集まって大騒ぎである。親戚一党から、

「まさか手が後ろに回る者が出るとは思っていなかった」

と、重吉への非難は津波のように盛り上がっていた。

鉄次とは顔見知りの北町奉行所定町廻り同心・内海弦三郎も駆けつけて来ていた。

被害にあった上総屋の主人・萬兵衛《まんべえ》も訪ねて来ていたが、憤然とした顔で、部屋の隅で煙管《キセル》を吹かしていた。だが、窃《ぬす》みの経過と、事情をきちんと説明して金さえ戻って来たら、

——店の勘違いだった。

ということにして、奉行所に探索はやめるよう陳情するつもりだと言った。そうしないと店の信用にも関わるし、第一、〝不忠義者〟を出した店も只では済むまい。何がキッカケで財産没収の上、闕所《けっしょ》にもなりかねぬ。

そんな主人の気持ちも知らないで、重吉は何処《どこ》へ消えたのかと心配していたが、

「いや……やはり、何かの間違いだ。あの真面目な重吉が盗みをするはずがない。悪い奴に脅されているとか……第一、その三百両の金は、為替《かわせ》のことで、他の両替商に届ける途中でのことだろう？　てことは、誰かが見張っていて、連れ去られたのではないか」

犯罪に巻き込まれたと、そんなことまで、親類たちは考えるようになった。

「どうしよう。このまま、行方不明になったら……」

と伯父が皺《しわ》くちゃな顎を突き出して、

「家売ってでも、金は返さにゃならんな」

実家の店や田畑は全部、重吉の名義になっていた。父親がもう十五年も前に、はやり病で亡くなっていたからだ。

「田畑や店まですべて売っては、残された絹《きぬ》さんがかわいそうや……もっとも、すべて売っても、所詮は米問屋。身代は知れてる。盗んだ三百両には到底、及ばんやろう」

絹さんとは重吉や鉄次の母親である。実家で一人暮らしをしているが、足が弱いから、長男の重吉が引き取ろうかという矢先の出来事だった。しかも、重吉は、遠縁にあたる娘と間もなく婚姻を結ぶ予定なのである。そんな男がなぜ盗みをして逃げたのか……それだけが、親戚一同の疑問であった。

ぐずぐず言いながら、酒でも飲むしか手だてがなかった。集まった親類に気を使った千鶴は、魚介類の鍋を作って、みんなに振る舞った。大きなお腹を抱えて、一階にある厨房と、二階部屋を往復する千鶴を見て、

「すまんな、千鶴さん」

と言う者は誰一人いなかった。金を盗んで姿を消した重吉のことばかりが気がかりなようで、鉄次と千鶴夫婦には、さほど迷惑をかけていると気兼ねしている様子はな

い。むしろ、千鶴に対して、顎で使っているようにさえ見えた。

鉄次の叔父さん連中が、千鶴を毛嫌いしているには理由があった。

もう三十年も前のことだが、千鶴の伯母にあたる人が、鉄次の大叔父に嫁いだことがある。しかし、夫婦仲が悪く、いろいろと揉《も》めた挙げ句、伯母は逃げ出し、上州の満徳寺《まんとくじ》、つまり〝駆け込み寺〟に逃げた経緯《いきさつ》がある。そこで二年が経過すれば、離縁が認められる。その前に、大叔父の方から三下《みくだ》り半《はん》を下したのだ。

それ以来、鉄次の実家と千鶴の実家とはあまり仲がよくない。千鶴の父親は、先代『矢車の小鉄』として立派な商いをしていたが、所詮は車引きだと鉄次の叔父たちは蔑《さげす》んでいた。自分たちは、公儀からお墨付を貰った米問屋であり、親戚には旗本や御家人の米切手を扱う札差《ふださし》や両替商もいる。だからこそ、今般の事件は、青天の霹靂《へきれき》だったのである。

むろん、張り合った両家の鉄次と千鶴が、幼馴染みを越えて、一緒になると決まった時には、大騒ぎだった。千鶴は喧騒《けんそう》の中で、そんなことを思い出して、げんなりしていた。

「ちづちゃん、酒、こっちの空っぽじゃねえか。はやく、とっかえて」

と叔父連中は、徳利を掲げて、千鶴を呼びつけた。鉄次さえ、身重の千鶴を労《いたわ》ることなく、久々に会った叔父たちと酒を酌み交わし、大声で話し込んでいた。まるで、年越しの〝おけら祭〟でも始まったかのような騒ぎの中で、千鶴は黙って、こまめに働いていた。

時折、下腹がキリッと疼《うず》く。お腹の中の赤ん坊が窮屈そうに動いているのを感じた。

――なんで、こんな時に……。何処《どこ》に行ったか知らんが、あのクソ兄貴、書き置きのひとつでも残しておけばいいのに。

そんなことを思いながら、火鉢にかけた鍋から、チロリを取り出した時である。ガランガランと、桟橋の鐘が辺り一面に鳴り響いた。

夜暗くなってから、鉄砲洲《てっぽうず》に着いた上方からの荷物が運ばれて来たのである。樽《たる》廻船や菱垣《ひがき》廻船から艀《はしけ》で運ばれた荷物は、ヒラタ船などに移されて、水路を通じて江戸の色々な場所に移される。そこから、さらに大八車や人の手によって、各町に運ばれるのである。

「来た来た。平《へい》さんだな」

鐘の鳴らし方で、どの船頭が来たか分かる。千鶴は割烹着《かっぽうぎ》のまま、軋《きし》む引き戸を開けて表に出た。

初夏だというのに、一瞬、冷たい風が吹き込んで来て、室内の湯気が舞い上がった。同時に、平さんという中年の川船船頭が、青白い顔をした若者を背負って、転がり込んで来た。苦しんでいるのは、やはり顔見知りの仁吉《にきち》という船頭である。

「ちーちゃん、医者だ。医者を頼む!」

千鶴はその勢いに圧倒されそうになって、

「ど、どうしたの?」

「分からん。こいつ、急に腹が痛いちゅうてな。差し込みが酷《ひど》くて、見てのとおり顔が真《ま》っ青《さお》だッ。とにかく、医者を」

「は、はい!」

千鶴は、入口のすぐ横にある、薄暗い土間に飛び込んで、酒盛りをしている親戚の者に、誰か神楽坂の善国寺裏、おけら坂の律庵《りつあん》先生を呼んで来て下さいと声をかけた。鉄次が怪我《けが》や病気をするたびに面倒を見て貰っている町医者で、千鶴のお腹のことも産婆と一緒になって診《み》てくれている。

だが、誰も返事をしない。肝心の亭主は、座敷の一番奥で、へろへろと酔っぱらっているし、叔父連中は聞こえているのかいないのか、素知らぬ顔をしている。何もしてくれない親族たちに戸惑う千鶴に、平さんはポツリと言った。

「どうしようかな……こいつの荷はまだ、船の上なんや」

千鶴は慌てて振り返って、

「うちの人に、頼んで……あ、内海の旦那」

と奥から出て来たのに声をかけた。

「律庵先生をすぐにお願いします。この若い船頭さん、お腹が痛いらしく、かなり苦しんでますから」

「どうした。大事ないか」

内海が若者に声をかけても、唸《うな》っているばかりだ。

「まったく、こんな時に……」

それは千鶴が言いたいセリフだった。内海は表に待たせてあった岡っ引の権六に自身番まで走らせ、番人を呼んで医者の所まで運ばせるように指示した。

「ありがとうございます」

千鶴が頭を下げると、平さんをもう一度振り返って、

「はやく、うちの人に……」

言いかけるのへ、平さんは土間から二階を見上げて、

「えらく盛り上がってますなア。出産の前祝いかい？」

「そうじゃないんです……」

千鶴が話そうとすると、

「イテテ！」

と若い船頭がしゃがみこんで唸る。

二階からは、「千鶴さん、酒まだかい。はやくしてくれ」という声があがる。それに乗じて、

「さっさとしやがれ、このボロオナゴ！」

と鉄次の酔っぱらった激しい怒声までが聞こえた。

「あ、鉄ちゃん、そろそろ行ってしまいそうだな、こりゃ」

平さんは、鉄次の声の調子から、機嫌の塩梅《あんばい》を察した。下手に挨拶に出向くと、畳に押さえつけられて酒を飲まされる。

「触らぬ神に祟《たた》りなしだ。後はよろしくたのんだぜ、女将《おかみ》さん」

平さんは逃げ出すように出て行った。

「へイさん！　もう……！」

腹を押さえて唸る若者の声と、二階の盛り上がった宴会の騒々しさに、千鶴はたまらなくなって耳を押さえた。その千鶴に、仁吉が、

「お……お願いだ……女将さん……俺はもうダメだ……」

と縋《すが》りつくように喘《あえ》いだ。

「な、何を言うの。すぐに医者に連れてってあげるから、頑張るのよ」

「こ、これは……ば、バチが当たったんだ……た、頼む……男の最期の頼みだ……で
ねえと、俺の女房子供までが……死んじまう」

「しっかりおし。大丈夫だって」

差し伸べる手をしっかり握った仁吉は、

「お、俺の……船の中に、長持《ながもち》がある……それを、と……届けて欲しい所があるんだ
……た、頼む……それは……」

と最期の力を振り絞るように、千鶴の耳元にささやきかけるのであった。

それを内海もじっと聞いていた。

四

町医者の律庵の診療所に担ぎ込まれる仁吉に、千鶴は身重ながら付き添っていた。

しかし、その甲斐《かい》なく、律庵が手を施す前に息絶えてしまった。

「一体、何があったのだね」

律庵は不思議そうに千鶴を見やって、

「仁吉さんといったかね……この人の体はまるで、得体の知れない怨霊でも憑《つ》いたかのように弱り切っていたが」

「ここに運ばれる前に、この人は私にこう言ったのです」

「最期の言葉だね」

「はい……三日程前、背の高い、年の頃は五十過ぎのお侍が来て、錦繡《きんしゅう》で包まれたものを渡されたと言ってました。それは一本の刀で、仁吉さんは長持に入れて他の荷物と一緒に、自分の船で運んで来たのです。それは、もう人足たちに、うちの蔵に運ばせておきましたが……決して、開けて見てはならないって」

「刀……？」

訝《いぶか》しげに首を傾げる律庵に、千鶴は頷きながら続けた。

「仁吉さんの話によると、そのお侍はさる藩の江戸家老だというのですが、何処の誰かまでは分かりません。とにかく、その刀を明日の朝までに、他の荷物とともに、甲州街道の布田《ふだ》五ヶ宿にある最光寺《さいこうじ》に届けて欲しいというのです」

「明日の朝……それは、また急な」

「仁吉さんは何かに怯《おび》えていたようでした。長持の中には、刀の他に甲冑《かっちゅう》なども入っているらしく、それを日の出前までに届けないと、仁吉さんの女房と二人の子供が殺されると言うんですよッ」

「殺される？　誰にだね」

「刀の霊にです」

「そんなばかな……」

と律庵は奥座敷で横たわっている仁吉の亡骸《なきがら》に目をやって、

「私は医者だ。そんな話は信じないが、刀のことなら、神楽坂の『咲花堂』さんに頼んでみたらどうだね。何かよい知恵を……」

「それなら、北町の内海様がもう呼びに行ってくれてます」

そう話したところへ、綸太郎が内海に連れて来られた。

千鶴がはじめましてと頭を下げると、

「ああ。あんたが、小鉄ッちゃん夫婦の奥さんどすか？」

と綸太郎は先に声をかけた。

「え……？」

「桃路と玉八とは古いつきあいやとか」

「話は道々、内海の旦那から聞きましたが……」

奥を見やった綸太郎は、遅かったという律庵の声に同情の溜息をついて、亡骸に向かって瞑目した。仁吉の体を改めて見たが、特に外傷はない。かといって、千鶴と内海が聞いたような刀の霊力で死んだとは考えられない。

「内海の旦那……この仁吉は、刀を預けに来た侍が、『刀を決して見てはならぬ』と念を押したにも拘わらず、包みの布を広げて見てみたら、俄《にわか》に腹の具合が悪くなって……と言ったのどすな」

「あ、はい……」

「ああ。そうだ」

「その挙げ句に死んだ……先生、これは恐らく効き目の早い毒が、錦繡に仕込まれていたとか、刀の柄なり、鞘なりに塗られていたとは考えられませんかね」

と真顔で問う綸太郎に、律庵は頷いて、

「であろうな。そうでもないと、仁吉の死は説明ができぬ。もっとも、どのような毒であるかは、俄には分からぬが……できる限り、調べてみましょう」

「では、内海の旦那は、仁吉の女房と子供の所へ行って、岡っ引の一人や二人、張りつけておいた方がよさそうでっせ」

「え？」

「旦那。え、じゃあらしまへんがな。仁吉に刀を預けたお武家とやらは、明け方までに刀が最光寺とやらに届かなかったら、仁吉の女房と幼い子供たちを殺すかもしれへん。そのお武家の身元を洗うのも御用だろうし、仁吉の亡骸を届けるのも、袖摺《そです》りあうもなんとやら……お勤めでっせ」

「ふん。言われなくとも分かってる」

まるで手下扱いされた内海は、不機嫌に返事をした。

綸太郎はもう一度、念押ししてから、千鶴とともに『矢車の小鉄』の店まで一緒に行った。もちろん、錦繍に包まれた上で、長持に甲冑と一緒に入れられているという刀を見るためである。

すでに、桃路と玉八も来ていて、鉄次の親族たちと、店の金を盗んで行方知れずのままの重吉のことを話していた。悲惨な状況であるにも拘わらず、〝のぼり鰹《がつお》のたき〟や〝なめろう〟などを肴《さかな》にして、まるで宴会のようであった。

「おう。『咲花堂』の若旦那じゃねえか。おまえもこっち来て一杯やれ」

などという町内の旦那衆の顔もある。綸太郎は適当にはぐらかしてから、仁吉が預かったという刀を見ることにした。

長持の中にあった甲冑は、大鎧と胴丸に厳星兜《いがぼしかぶと》と呼ばれる平安朝のものだ。兜の鉢の表面にある疣《いぼ》のような突起が厳《いかめ》しく見える。だが、綸太郎はこの甲冑は、近年作られたものだと判断した。巧みに作られているが、あまりにも新し過ぎる。

それに比べて、錦繍に包まれていた刀は、行方が分からなくなっていた、あの〝天国閻魔〟に他ならなかった。

「ようやく会えた……こんな近くにおったのか……」

というのが、綸太郎の偽らざる思いだった。〝閻魔堂〟の本堂はあるものの、その中に鎮座していた閻魔大王像は、誰が始末したのか、いつの間にかなくなっている。ゆえに、その守り刀でもある〝天国閻魔〟も消えていたわけだが、ここで見つけた上は、

――なんとしても鋳《い》つぶしたい。

と綸太郎は思った。でないと、またぞろ、どのような不始末をしでかすか分からないからである。刀が勝手に悪人を選んで殺すとは考えていない。とはいえ、仁吉のような事件を目《ま》の当たりにすると、人智の及ばぬことがあることも少しは認めなくてはならぬ。もっとも、何らかの毒がまったく認められなかった場合であるが。

「それにしても、何故に、この刀を最光寺という寺に運ばねばならんのやろか」

「さあ……」

千鶴に訊いても、分かろうはずがなかった。綸太郎がしみじみと刀を見て溜息をついたとき、背後で酒臭い鉄次が立った。

「貸せいッ」

と鉄次は、刀を長持に入れて、甲冑も戻すと、ひょいと肩に担ぎ上げた。軽々と桟橋まで行って、仁吉の船に置くと、すぐさま戻って来て、バラしてある小さな大八車も運んで船に乗せはじめた。

「おまえさん。何をしてるの、もうッ」

と千鶴が大きなお腹を抱えながら止めようとすると、鉄次はふらついた足で、船と桟橋の隙間をよろりと跨《また》いで乗った。そして、おもむろに櫓を握った。

「こらッ、酔っぱらい！　船なんかに乗って何をするってんの!?」

とっさに船縁《ふなべり》に足を掛ける千鶴を、綸太郎は抱き留めたが、その弾みで船を押しやる形になってしまった。鉄次は離岸した船の櫓を漕ぎ始めた。

「そんなへろへろで、何処へ行くのよ！」

と大声を上げる千鶴に片手を振って、櫓を漕ごうとしたが、船体が傾いて、あやうく川に落ちそうになった。

「ほら、ご覧なさい。そんな体で船を漕ぐなんてできませんよ。さっさと降りなさいッ」

千鶴は声を限りに言った。鉄次はハッと我に返ると、さらに追って来そうな女房のスイカ腹を見て、

「おまえこそ何してやがるッ。危ねえから、離れてれ、バカやろう。ひっく」

としゃっくりをしながら、千鶴を追いやろうとした。

「この荷は、仁吉が俺に預けたものでえ。だったら、奴の代わりに行ってやるまでで え。それが『矢車の小鉄』の意気地じゃねえか」

「いいから、戻りなさい」

「明ける前に布田の最光寺に届けりゃいいんだろう？　ガッテン承知の助でえ！」

「ばかだねえ。四谷の大木戸は閉まってる。明六つまで開かないんだよ」

四谷大木戸は、甲州街道へ繋がる重要な四谷門にあり、外堀から東海道へ向かう虎《とら》の門、上州《じょうしゅう》道へ向かう牛込門、中山道《なかせん》へ向かう筋違《すじかい》門、奥州《おうしゅう》街道へ向かう浅草橋門などと並んで〝江戸五口《ごこう》〟として重要な所なので、大名や旗本が警備をしている。ゆえに、夜中の往来は、御公儀の一大事でもない限り許されない。

「分かってらい、すっとこどっこい。だから、大川に出て品川宿に回り、そっから一

旦西へ上って、多摩《たま》川を上流へ走って行くんだよ、ばかたれ。遠回りしてでも、わずか六里足らず、一刻もありゃ、楽々でえッ」

「それだけ飲んでたら、だめだってば！」

「酒飲んで車を引いたらいけねえって御定法でもあんのか、このやろう。まかせとけってんだ、ひっく」

少々の酒酔いなら、あまりうるさくないが、大八車であろうと船であろうと、酒を飲んでの運行は建前としては禁じられていた。だが、鉄次はどんどんと漕ぎ出して、みるみるうちに宵闇《よいやみ》に吸い込まれてしまった。

「ち、ちょっと、おまえさん！」

駆け出した千鶴の足から下駄が跳ねた。それは虚しく空を舞って、櫓の音が小さくなっていく桟橋に、カランと落ちた。

「もう……」

ふと店の二階を見ると、親戚一同はまだドンチャン騒ぎをしており、鉄次が酔っぱらって仕事に出かけたことなど、まったく気にかけている様子はなかった。

「女将さん。布田だったら、まっすぐ行けば四里ほどや。俺が先回りして待ってまひょ。品川廻りだとすると、高輪《たかなわ》の大木戸を避けて沖へ出るはずだから、仲間の船頭にすぐに報せて、追いかけさせた方が安心やな」

倫太郎も心配そうに、船の行方を目で追った。

五

多摩川沿いの真っ暗な道を、鉄次の大八車が疾走していた。

風が出てきたせいか、大きな川波が土手堤にぶつかり、その砕けた飛沫《しぶき》が鉄次の顔にもろにかかっていた。江戸は晴れていたが、上流の方は、数日来、雨が続いていたようで、結構、増水している。

鉄次はどんよりとした目で、飛沫越しに前方を睨んでいる。土手ッ縁がぼんやりと月明かりで浮き上がっているが、どうも暗い。鉄次は何度も瞼《まぶた》をこすりながら、大八車を引いていた。腹に取っ手が食い込むように重い。

道は急に平らな地面から、ガタガタと石ころだらけに変わった。大八車一台がやっと通れるだけの道幅である。酔いに加えて、激しい揺れで、鉄次の胃袋は大暴れした。

「お、おえ……」

戻しそうになるのを我慢しながら、じっと前を見る。

走りながら、川に向かって吐き出しそうになった。

その時である。激しい衝撃を受けて、鉄次の大八車は斜めに傾き、そのままの格好で勢いを増して、土手の坂を下りはじめた。そして、速さの衰えない大八車は民家の出屋根を支えている柱に激突し、ドッ、ガガンと体当たりして停まった。

深夜の轟音《ごうおん》に、雷でも落ちたのかと、家から飛び出して来た老夫婦は、そっくり返って大八車を見やった。

「な、なんじゃ……!?」

転倒している大八車と家の壁の間に、激打した鉄次がおり、その額からは血が流れ落ちていた。

――わっ。目に染みる……。

鉄次はそれを両手でぬぐうと、大八車から降りて、

「こりゃ、申し訳ねえことした。俺は、江戸は軽子坂の『矢車の小鉄』でやす。必ず、帰りに弁償しに寄ります。先を急いでますので、どうかご勘弁下せえ」

と頭を下げて、よいしょと傾いた大八車を戻し、長持を結びつける縄を締めた。とても一人や二人では動くまいと思った大八車をいとも簡単に立て直したので、老夫婦は思わず、「ええ、いいですよ」と頷いてしまった。

血塗《まみ》れた顔など気にもせず、軽やかに笑って押し返すと、大八車が支えていた柱がポキリとまっぷたつに折れ、出屋根はもろく地面に落ちてしまった。

「うわッ。こりゃ、すまねえ！　必ず後で、あはは」
鉄次が手を振って土手道へ大八車を引き上げるのを、老夫婦は呆気にとられて見送るしかなかった。

そのまま、大八車は俄に降りだした雨の中を走り出した。
がたがたと左右に揺れながらも、まるで兎《うさぎ》が跳ねてでもいるように、ぐんぐんと勢いを増して行く。

鉄次は手拭いで頭から流れる血を拭きながら引いていたが、どうにも血が止まらない。しだいに意識が遠のいていくのを我慢しながら、取っ手を握っていた。

ふと脳裏をめぐるのは、千鶴と生まれてくる子供の顔だ。もっとも、生まれてくる子供の顔など分からないが、鉄次は自分に似ている男の子だと信じきっていた。

——二人のために、ここでくたばるわけにゃいかねえな。
そう思うなら、そこで大八車を停めて、医者にでも駆け込めばよいものを、土手沿いの道なき道だ。狸《たぬき》か鼬《いたち》くらいしかいないであろう。それに加えて鉄次の愚直さである。大八車の荷を届けるために、ガンガン鳴る頭を振りながら、先を急いだ。

明け方まではまだまだ刻限はある。焦ることはないと言い聞かせながら、下仙川宿《しもせんかわ》までもうすぐという所で、鬱蒼《うっそう》とした雑木林が立ちはだかり、土手沿いの道が途切れていた。元々、人しか通れぬ小道のようだが、甲州街道に戻る分岐が目と鼻の先だというのに、前に進むことができなかった。

長持を担いで、歩けば通ることはできようが、重い荷物を背負って、しかもこの雨の中では無謀というものであろう。

——遠回りしても、二十町くらいだろうから、歩くしかねえな。

大八車を置き去りにしようとしたが、ふと川沿いの方を見やると、わずかに通れる隙間がある。渓谷というほどではないが、ストンと落ちていて、車ごと落ちれば、激流に飲まれてしまうであろう。さらに、雨足が強くなってきて行く手を遮るが、鉄次は大八車の車輪を半分ほど崖っぷちからはみ出して、先へ進むことを考えた。用心しながら進まないと、大八車の重みで路肩が崩れて、かえって危険なのだ。

だが、雨で弱くなっていたのであろう、脆《もろ》くなっている土砂のように路肩が崩れて、ぽっかり穴が開いている。しかも、下り坂になっていたので、鉄次は両足を踏ん張って大八車を停めた。

「…………」

このまま進めば、川に転落するのは目に見えている。だが、鉄次の頭の中に、引き返すという考えはない。荷を送り届けて、死んだ仁吉の無念を晴らさないことには、ここまでぶっ飛ばして来た甲斐がない。

鉄次は大八車から離れると、木材が落ちていないか、周りを見回した。辺りは林である。伐《き》り出された木材が置き去りにされたり、あるいは浅瀬に流木が落ちているかもしれない。しばらく、〝がんどう提灯〟だけを頼りに目を凝らしていたが、

「あった、あった」

と鉄次は直径二尺程の二間の長さはある倒木を、雑木林の中に見つけた。それを力任せに担ぎ上げると、路肩の崩れた所に橋を架けるように置いた。

ぐいぐい足で固めると、崩れ落ちないかどうか、二、三度渡ってみる。

「よしよし！　これなら、いけるぞ！」

鉄次はパンパンと頬を両手で叩くと、荷台の長持を、できる限り岸側に寄せて、右車輪に重みがかかるように置き直した。

ゆっくり大八車を進める鉄次は、まるで綱渡りでもするように、慎重に片方の車輪を大木の上に滑らせた。メキッ、メキッと木が軋む音がする。慎重に車輪の踏み具合を見ながら進める。

一歩間違えば、あっという間に激流となっている川に落ちる。

しかし、鉄次は冷静である。今までも、上州や甲州に出向いた折、何度かこのような体験をしていた。しかも、峠道や絶壁の山道だったから、今通っている道など恐くも何ともない。丁寧にやれば、絶対に落ちない。そう確信していた。

渡りおえると、鉄次は一気に駆け出していた。ぬかるんでいるが、大八車は馬のいななきのような軋み音を発して、勢いづいた。その勢いに乗ったまま、大八車はその先の土手道を登って行った。

踏み台にされた倒木は、車輪の回転に蹴飛ばされて、川にドボンと落ちた。

一足先に、最光寺に着いていた綸太郎は、この寺が、〝駆け込み寺〟になっていることを初めて知らされた。

徳川家ゆかりの上州満徳寺の末寺ということで、特に江戸から逃れてきた女たちが、救いを求めて駆け込むらしい。中には、深川や江戸四宿などの岡場所から逃げてきた遊女たちもおり、住職である尼僧の澄閑《ちょうかん》は、哀れな女たちの面倒を見た上で、本山に届けるとのことだった。

綸太郎はこの事実を知らなかったが、まるで僧兵のような格好をした番兵たちが、語ってくれたのだ。雨の中、松明《たいまつ》を焚《た》いたまま、夜通し警護にあたっていたのだが、それには訳がある。

——今宵、水野十郎左衛門様の使いが来て、澄閑様を殺す。

という伝令が、他の末寺から来ていたからだ。当然、綸太郎もその使いに間違われたが、上条綸太郎と名乗って、その手形を見せると納得してくれた。四谷の大木戸を抜けるときも、上条家の天下御免の手形がものを言ったのだ。

上条家は満徳寺や慶長寺《けいちょうじ》に限らず、京においても、女を苦界《くがい》から救うことに尽力をしてきた家系である。もとより本阿弥家に繋がる上条綸太郎の名も知られていたから、必要以上に怪しまれなかったが、まだ夜明け前である。綸太郎は一刻も早く、無事に鉄次が来るのを祈っていた。

霧雨になって、遠くからガラガラと大八車の音が近づいてきたとき、番兵たちの目が鋭く燦《きら》めいた。手にしていた槍を脇に抱えると、素早く音のする方へ向かった。

「待て……さっき話したやろ。おそらく、鉄次や。ある侍から預かって来た刀を、ようやく運んで来たに違いない」

と綸太郎が山門の下から飛び出すと、〝がんどう提灯〟も消えてしまったのであろう。まるで手探りでもするかのように、鉄次が大八車を引いて来るのが見えた。

「鉄次はんか？」

自分が引く大八車の音で聞こえないのか、返事のないまま近づいて来たが、松明をかざす番兵のあかりに綸太郎が目にしたのは、間違いなく鉄次だった。体中がびしょ濡れで、額には血がこびりついて、大きなたんこぶができている。

「おい。無事だったか。よう来た……よう来はったな……」

綸太郎には、鉄次がどのような思いをして辿り着いたか想像だにできなかったが、桃路や玉八が話していたとおり、愚直で性根のある男だということがよく分かった。

「あ、あんた……『咲花堂』の……わ、若旦那……」

どうして、この場にいるのか不思議そうな顔をした鉄次だが、それ以上声にはならず、倒れかかるように体が崩れたので、綸太郎はしっかりと支えた。

「ご苦労さんやったな、鉄次はん……どうやら、あんたの意気込みは、すれ違いだったようやが、澄閑尼にとっては命の恩人や」

「え……？」

「まあ、ええ。とにかく、寺でゆっくり休ませて貰いまひょ。話はそれからや」

綸太郎は鉄次の死力を尽くした体を受け止めながら、山門を開けさせた。

六

桃路と玉八は、鉄次の帰りを待ちくたびれて、店の帳場の奥で眠ってしまった。昨夜から、ずっと千鶴の手伝いをして、親戚一同の相手をしていたのだ。

子供のように眠る二人を見て、千鶴は思わず、感謝の手をあわせた。叔父たちは、五升もの酒を飲むだけ飲んで、後は重吉からの報せを待つしかないと、千鶴に面倒を頼んで、それぞれ家に帰ってしまったのである。

身重の身には、後片付けだけでも大変であった。それを、桃路と玉八が手伝ってくれたのだった。

不思議な二人である。特に、玉八の方は夫の鉄次とどこか気があうのか、よくつるんで遊び回っていた。堅気《かたぎ》の仕事を持っているのは鉄次だけ。桃路は売れっ子芸者とはいえ、水商売。玉八はその昔は賭場通いを繰り返していた遊び人で、騙《かた》りまがいに二束三文の薬や着物を、上物として売りさばいていたときもある。

だが、そんな阿漕《あこぎ》なことをしていれば、必ず面倒に巻き込まれる。そこで登場するのが、鉄次である。凄味と腕力にものを言わせて、善悪は二の次で、玉八のために喧嘩を買って出るのである。相手がやくざ者のときもあったが、お構いなしだった。

まがいものを売っている方が悪いに決まっているが、道理よりも友情を取ったのが鉄次であった。その気質は、誰に対しても同じだった。ゆえに、仁吉の身にふりかかったことも見捨てておけなかったのであろう。

相手がどんな凄腕であろうと、鉄次にかなう者はそうそういなかった。まともに喧嘩すれば、腕や足が一生使い物にならなくなる。かといって、喧嘩に負けては、極道の名がすたるから、仕返しに来るわけである。

時折、『矢車の小鉄』の前に、強面《こわもて》がうろついていたのも、そのせいだった。

翌日も、暮れも押し迫って、懐が寂しくなったせいか、寒空の下でうろついている者がいた。

――また来たか……。

千鶴とて、やくざ者が怖くて、車屋稼業はできない。しかし、鉄次が留守の時は、どうしても心細かった。玉八を起こそうとした時である。

表から、ずいと入って来たのは、やはり筋金入りの極道者だった。一人は典型的な悪党らしく、目尻に刀傷が見えた。もう一人も体が関取のように大きくガッシリしている。

ならず者の二人は、店内を値踏みするように見回してから、

「女将さん。話は簡単にすませようや」

と優しい声で言った。だが、その優しい声が芝居であることは、冷ややかな目を見ずとも分かる。千鶴は重い腹を抱えるようにしながら、

「な、なんの話でしょうか」

「とぼけなさんなよ」

「は？」

「重吉のことだがな……」

「はい……」

「どこへ隠した？」

重吉を隠したりしていない、行方が分からず、こっちも心配してるのだと、千鶴は懸命に訴えた。ちらりと奥を見ると、玉八は気づいて目覚めたようだが、また狸寝《たぬきね》入《い》りに入った。

「重吉はな……」

と、ならず者は少し声を落として言った。

「うちの女を、連れてトンズラしたんだよ」

「うちの女……？」

「おう、そうよ」

「あなたの奥さんか何かですか……」

千鶴は少し怖くなって来た。やくざの女と駆け落ちをしたとなると、これはもう只では済みそうにない。

ならず者は口許をにんまり歪めて、

「俺の女とは違うがな……うちが抱えてる、お女郎だ」

「女郎……」

「ああ。女将さんくらいの年かな。深川土橋と言えば分かるだろうが」

「え、ええ」

「たまには、沖へ船を漕ぎだして、廻船の水夫《かこ》相手もする」

「その人を、重吉さんが連れ出したというのですか」

「連れ出したで済むか、このやろう。女郎は俺たちの商品や。それを黙って連れて行くのは、これ、泥棒と違うか？」

大柄な極道の方が、小さな千鶴の頭からのしかかるように言った。

——そうか、重吉兄さんは、その女郎を身請《みう》けするために、奉公先の両替商から、お金を盗んだのだろうか。

千鶴はとっさにそう考えた。

「でも……身請け金とか、そんなものを払ったのと違いますか?」

「確かに、五十両ほどはな。しかし、そんな半端な金で、うちの稼ぎ頭を持っていかれちまっては困る」

ということは、盗んだ金は、一緒に逃げる費用にしているのか、と千鶴はまた考えをめぐらせた。

「女将さん。重吉の行方さえ教えてくれたら、何もせんがな。な、教えて」

「でも、どうして、うちへ……?」

「重吉が言ってたんだよ。何か困ったことがあったら、『矢車の小鉄』へ来い。ここは、弟がやってるからってな」

「あ、そうですか……」

千鶴は一瞬、むかついた。なんで、私のところを連絡先にするのか。いつも困った時だけ兄弟面《づら》して、こっちが困った時には知らん顔をするくせに……。

近くの小料理屋の二階で挙げた鉄次との祝言のときに、重吉は友達が訪ねて来るからと言って、他の叔父たちともども来なかった。そんなことを思い出して憮然《ぶぜん》となる千鶴へ、大きな方の極道はむず痒そうに、彫り物のある肩を、これ見よがしにボリボリ搔きながら、

「早いとこ吐いちまいな。誰も怪我しねえうちによう」

と野太い声で言った。

その声を聞いていたのか、桃路がのっそり起き上がって、千鶴を後ろに押しやって、ぬっと顔を出した。

「話なら、私が聞きましょう」

話ではなく、いつでも喧嘩を買うぞ、という身構えである。相手の極道者も、桃路のふてぶてしい態度と落ち着いた目つきを見て、一瞬、ギョッとなったように腰を浮かした。

「ねえちゃん……威勢がよいのはいいが、綺麗なその顔に傷がつくぜ」

「芝居じゃあるまいし、使い古されたセリフは懲《こ》り懲《ご》りだよう。人のうちに話に来たのなら、まずは名乗るのが礼儀ってもんだろう。おっと、あんたらみたいな類《たぐい》には礼儀も挨拶もあったもんじゃないのかねえ」

「そうカッカすんなよ……」

「それに、重吉さんなら、ここにはいませんよ。さっきまで親戚一党が来ていて、みんなで探してるところだからねえ。見つけ次第、お奉行所に突き出すつもりでいるくらいですから、いくらねばっても、ここじゃ何も分からないよ」

「………」

ぐっと睨みつける桃路を、極道二人が必死に睨み返した。火鉢にかけたままの薬缶《やかん》が、ぐつぐつと沸騰《ふっとう》している音だけが、やけに大きく響く。桃路はさりげなく、熱湯を柄杓《ひしゃく》でついで、いつでもぶっかけるぞという目で見やった。どちらかが手を出すと、そのまま、激しい喧嘩になることは火を見るより明らかであった。

一瞬、緊迫した空気が凍りついた。

その時である。表で、ガタゴトと軋む車輪の音がしたかと思うと、「おい、千鶴、帰ったぞう!」と声が飛んできた。途端、

「小鉄だ!」

と狸寝入りしていた玉八が飛び起きた。その素早い動きに、千鶴は思わず笑ってしまったが、桃路はまだ相手を睨みつけたままである。

「調子に乗るなよ、ねえちゃん。誰に喧嘩を売ってるのか分かってんのか?」

言い終わらないうちに、鉄次が敷居を跨《また》いで入って来て、

「お客さんか。茶くらい出さねえか」

と千鶴に言った。

「お客？　違う違う……」

と言いかける玉八に、分かってる、と鉄次は手を振って、上がり框《がまち》に腰を落として、

「――ああ、しんどかった」

極道者ふたりは、緊張した痙攣《けいれん》が瞼《まぶた》に走った。鉄次の額は、昨夜の民家に激突した時の怪我が酷くなっており、腫《は》れた上に固まった血が目頭から鼻筋を伝って口許まで張りついていたからである。

「どうしたの、それ」

と千鶴が手拭いを差し出したが、鉄次はにたりと微笑むだけで、

「なに、大した事ねえよ。それより弁償をしなきゃならねえから、そっちの方が痛えなあ……ところで、兄さん方は？」

疲れ切ったように吐息をする鉄次に、玉八はかいつまんで話した。桃路は、聞いてたのなら、なんでさっさと起きなかったのだと、玉八を小突いた。

土間の片隅にある水瓶《みずがめ》から柄杓で手拭いに水をぶっかけ、それを絞りながら、鉄次

は穏やかな声で、

「その兄貴を、俺たちも探してんだよ。見つけ次第、きっちり弁償させるから、今日のところはおとなしく帰ってくれねえか」

「兄弟だったら、戻って来ても庇《かば》い立てするんじゃねえか？　信用なんかできるか」

「信用できねえだと、このやろう……」

言葉尻をとらえて、鉄次の顔色がサッと変わった。

「俺に家をぶっ壊された人でも、俺が弁償するというのを黙って信用したんだぜ？」

優しい声ゆえ余計、迫力がある。

「そ、それがなんでえ」

と極道者が鼻先を突きつけて来るのへ、鉄次はガツンと頭突きをかました。

「信用が一番！　この『矢車の小鉄』、それを看板に商売してるんだ！　てめえらみたいな半端モンに、信用がどうのこうのと言われてたまるか。見てみろいッ」

鼻血を出して尻餅をついた極道の首ねっこをつかんで、一方を向かせた。店の壁の真ん中に、『信用一番、安全一番、迅速一番』と書かれた紙が貼《は》られてある。

「ど、どれが、第一だってんだ」

「ばかやろう！　どれも一番でえ！　信用できねえってんなら、この俺が兄貴の借金全部払ってやろうじゃねえか！　それでも、信用できねえっつうのか、エッ！」

鉄次は極道者の髷をグイと摑んだまま、ぐりぐり振り回した。あまりの痛さに悲鳴を上げている。その凄まじさに、仲間の極道も尻込みしている。

——だめだ、このままでは、やくざ者の首が折れてしまう。

と思った桃路は、

「小鉄ッちゃん。どうしても折るなら、腕にしときなよ」

「おう。そうだったな」

と相手の腕の肘を逆手に締め上げると、極道はひいッと情けない声をあげた。

「わ、分かった……し、信用が一番だ。あんたの腕前に免《めん》じて信じてやる」

「なんだい、その言い種《ぐさ》はよう！」

さらに締め上げると、虫が鳴くような声で、

「……し、信用いたします」

と、やっとこさ答えて、出て行った。

尻尾を丸めて逃げるとは、この極道者たちのようなことを言うのであろう。

綸太郎もずっと傍らから見ていたが、

「むちゃくちゃしよるなア……しかし、この体力は何処にあるのや」

と呆れ返っていた。

しかし、売り言葉に買い言葉ではないが、「俺が借金を返してやる!」

そう断言したことが鉄次の過ちだった。重吉の窃みは、あらぬ方向へ展開したのである。

というのも、最光寺の澄閑尼は哀れな遊女たちを助けようとしていたのだが、それを邪魔するために、水野十郎左衛門が〝天国〟を送って、殺さしめようという画策が見え隠れしていたからである。

「どういうこと、綸太郎さん」

桃路は不安な顔になって、

「そのことと、小鉄ッちゃんの兄さんとも何処かで繋がっているとでもいうの?」

「かもしれへんな……皮肉なこっちゃが、死んだ仁吉は、澄閑様の身代わりに、刀に仕込んであった毒を吸うてな……」

「そんな……」

「あの刀は妖刀なんかじゃない……いや、今の俺には、そう断ずる自信ものうなったが、少なくとも今度のことでは、水野十郎左衛門が、その訳は知らんが、絡んでる節がある」

「旗本奴もどきの水野様が……」

「ま、俺が最光寺に行ったのも何かの縁や。あんじょうするつもりや」

閻魔大王の使者が振るうという〝天国閻魔〟を始末したい綸太郎は、どうしても事件の裏を見極めたかった。

七

行方知れずの重吉から報せが来たのは、その日の夜遅くだった。

飛脚が文を届けて来たのである。それには重吉の達者な文字で、こう記されていた。いつもなら、生意気なくらい自信たっぷりの重吉だが、謙《へりくだ》ったような文章であった。

『鉄次へ。儂は情けないことに、ある女のために、店の金に手を出してしもうた。ある女とは、深川女郎のお須万《すま》という女である。親が作った借金のために、哀れにも身を売って暮らしているのだが、その親戚連中が次々とお須万を当てにして、金の無心にくるものだから、ますます借金が増えて、にっちもさっちもいかなくなった。今は江戸から離れて、日光《にっこう》の華厳《けごん》の滝にでも行って、ふたりで死のうと思う。今は、千住《せんじゅ》宿の〝佐渡《さど》屋〟という旅籠《はたご》に泊まっておるが、いつも迷惑ばかりをかけて済まなかった、鉄次。謝るから、勘弁してくれ……』

と長々と書き連ねてある。

両替商の番頭という堅い勤めのくせに、重吉は、実は賭け事には目がなくて、時々、鉄次に金の無心をしていた。そのことを謝っているのであろう。気持ち悪いほど殊勝な書きっぷりなので、鉄次の方が面食らった。

『事情を察してくれ、鉄次。親戚中、大騒ぎをしているであろうな。おっ母さんにも心労をかけておるが、おまえからも謝っておいてくれ。俺とお須万は、あの世で一緒になる。だから、滝に飛び込むか、それが無理なら、道中、お互いに胸を刺しあってでも思いを遂げるつもりだ』

ここまで読んで、鉄次はハハンと膝を叩いて、千鶴を見やった。

「おい。今から、今度はちょいと千住まで行ってくる」

「ええ?」

「兄貴は死ぬ気なんぞ、さらさらねえ。こうして文を寄越して、迎えにきてくれるのを望んでるんだ。あいつは、昔から大袈裟な物言いをして、迷惑をかけてたが……死ぬ死ぬと言って死んだ奴はいねえよ」

「でも……」

「千住宿の旅籠の屋号まで丁寧に書いてるからな。本気で死ぬ奴が、てめえのいる場所をわざわざ書くもんか」

「そりゃ、そうだけど……」

「今、帰ったら、やくざ者に殺されるとでも思って、びびってるに違いねえ。その証に俺が迎えに行けば、多分、すんなり帰って来ると思う。そんな奴だ、兄貴は」

やはり、女郎を連れて逃げるために、店の金を盗んだのだと、千鶴は改めて思った。

翌日――。

鉄次が思ったとおり、重吉は迎えに来るのを待っていたらしく、弟の優しい声にほっとしたのか、重吉は何度も何度も、すまんと繰り返した。

重吉が『矢車の小鉄』に来たのは、その日の夕方だった。

お須万という遊女も一緒だった。

鉄次と出迎えた千鶴は、愕然とした。重吉とお須万のいでたちが、まるで大店の旦那のような上物の羽織とどこぞのお嬢様のような緋縮緬《ひちりめん》の振袖だったからである。とても、心中する二人の姿ではなく、見ようによっては、ドサ廻りの役者だった。

「なんですか、その恰好《かっこう》は」

思わず口から出た千鶴に、重吉は薄ら笑いを浮かべて、

「死出の道行のつもりだったからな、奮発したんだ。本当に死ぬ覚悟を綴った短歌《うた》も、こうして帳面に書きとめてある。なあ、お須万」

「はい……」

「――花の散る遠きに月の蒼い闇　心寂しく影踏みあそぶ」

感情をこめて詠む重吉の生っ白い顔を見ていると、千鶴は苛立ちすら覚えてきた。どれだけ人が心配していたのか、さっぱり分かっていない様子だったからである。

俯《うつむ》いたままのお須万は、千鶴と同じくらいの歳だろうか。すらりとした細身で、儚《はかな》げな笑みをたたえていて、男なら誰でも惚れてしまうほど美しい。鹿のような丸い瞳のお須万を、千鶴ですら、「かわいい娘だな」と思ったくらいだ。

「兄貴……」

と鉄次は懇々《こんこん》と説得するように、

「金を返せば済む話じゃねえが、『上総屋』のご主人も内済にしてくれるっていうし、それならばと、北町の内海様も事と次第では、上に話さず事件にしないとおっしゃって下さってる。さあ、金はどうした」

「身請け金に、この着物や宿代を払ったのだが……」

「だとしても、三百両もの金、使い切ることなんぞできないだろうが」

「それが道中……誰かに盗まれてしまったのだ」

「なんだって？」

「本当だ。本当に本当なんだ。信用してくれ」

「また信用してくれかい」

「え？」

「いや、こっちの話だ……」

鉄次は怒鳴りたくなるのを我慢して、お須万を見やった。

お須万は瀬戸内の小さな漁村の出らしく、十五の時に、病弱な父親の薬代欲しさに、女衒《ぜげん》に身売りされたという。金沢や京を転々として、江戸に出て来たという。

そのお須万を重吉が騙したのだろうか、それとも騙されているのだろうか。千鶴には見当がつかなかった。

「盗まれたのなら、仕方ねえな……」

と鉄次はあっさりと受け入れて、

「どのみち、上総屋さんから盗んだ金は、おっ母さんの田畑や家を売って、なんとか返すつもりだが、それでも足らないだろうから、俺がなんとかする。ま、内海の旦那からは色々と調べられて、少々、痛い目にも遭うだろうが、金さえ戻ったら、罪は問わねえと言ってくれてる。ただし、店はもうやめねえと示しがつかねえぞ」

「ああ。己が蒔《ま》いた種だからな……」

　重吉はしんみりした顔になって、涙をうっすら浮かべて、

「すまねえな、鉄次。何から何まで……しかし、厄介なことが残ってるんだ。お須万のことだが……」

「それも、心配するこたねえ。俺がなんとかしてやると約束した。のう、千鶴」

と鉄次が振り向くと、千鶴は「ヘッ?」と奇妙な声をあげた。

「なんとか、なる。ああ、なんとしてやるから、お須万さんといったか、おまえさんも案ずるには及ばねえよ。なあ、千鶴」

　俠客のように繰り返す鉄次に、思わず頷いた千鶴だが、それがどういう意味か分からなかった。つまりは、

「俺が、立て替えてやるからよ、新しい仕事についたら、少しずつでもいいから、返してくれ。元々、真面目な兄貴だ。一度は死んだ身だと思って、頑張るんだぜ」

「おおきに。かんにんな」

お須万は上方訛りで額を床につけて、鉄次と千鶴に頭を下げた。

「かんにんな、うちみたいな女のために、ほんま、かんにんな、かんにんな」

もういいと言うまで頭を下げ続けるお須万に、千鶴は心底、同情した。

千鶴の父親が病に倒れたとき、母親一人が家計を支えた。姉妹ばかりの家庭だからか、一度だけ、女衒のような男が来て、大金をちらつかせて、娘の一人を買おうとした。しかし、母親は、

「身売りさせるくらいなら、一家で死ぬ」

と頑《がん》として、娘を渡そうとしなかった。それほど酷い世界だと感じていたから、千鶴は同じ女として、お須万の気持ちが痛いほど分かったのである。

「もう、いいから。ほら、顔をあげて」

と千鶴は言って、帰って来る重吉たちのために取っていた仕出しの料理を、差し出した。叔父や弟たちの分も含めて、二分《にぶ》の出費はバカでかかったが、これも縁というものだろうと諦めていた。

仕出しの料理を食べながら、重吉は必ずお須万と添い遂げると固い決意を語った。しだいに酒の量も増えてくる。鉄次はいつものように、肝っ玉が太くなってきたのか、親戚中が重吉を嫌うことがあっても、自分だけは見捨てないと大きな声で話し

た。

「血のつながった兄弟じゃないか、なあ」

義侠心は誰よりも強い。鉄次は本気だった。躰を張ってでも、兄と兄が惚れた女を守ってやると思っていた。

「任せろ、任せろ」

どんと胸を叩く鉄次を、千鶴は、嫌な予感をもって見ていた。

その翌日のことである。

千鶴の予感は的中した。一緒になってからずっと、倹約に倹約を重ねて溜めた金を、兄貴のために出せと、鉄次が言うのである。

出せと言われても、やくざ者に渡す金が手元にあるわけがない。貯金を掻き集めても、十四、五両がせいぜいだ。

「十両でいい」

鉄次は簡単に言うが、千鶴は首を振らない。

「十両でいいって……それ、どうするつもりなの？」

「女が一々、余計な口出しをするんじゃねえ」

「そうはいきません。夜も寝ないで溜めた、お金じゃないですか。咎人にあげることはないでしょう」

「咎人とはなんだッ。わしの兄貴じゃ！」

カッときた鉄次は拳を振り上げた。それを見透《みす》かしていたように、千鶴は傍らにあった算盤を手に取った。

丁度、店先に来ていた桃路と玉八は、

「やっと、夫婦喧嘩が見れるぞ。ヨヨッ、小鉄ッちゃん、ちいちゃん！」

と大向こうから声をかけるように、様子を窺《うかが》っていた。

だが、鉄次はおとなしく腕を下ろすと、

「頼む。このままでは本当に、兄貴たちは殺されるかもしれねえ。ここは一丁、踏ん張らねばならねえ時なんだ。男には一生に一度や二度、そういう時があるんだよ」

「おまえさんは、ありすぎです」

「その金を、五倍にしてみせる」

「………！」

「五倍なら堅い勝負だ。必ず勝って、元金も戻してやる。このお腹の子のためにもな」

キリッと向ける鉄次の頑固な目に、千鶴は呆れ果て、

「――ほんとに、仕方ないなあ……」

と諦めたように溜め息をついた。それを待ってましたとばかりに、鉄次はひったくるようにして、十両の大金を摑んで、おけら坂の方へ向かって行った。

「まずい、小鉄ッちゃん、〝金魚会〟で儲ける気じゃないの？　こりゃ、ダメだ。ああ、止めないとダメだ」

と慌てた桃路は、玉八の腕を引いて、鉄次を追った。

八

水野十郎左衛門の屋敷の中は、数十人の町人でごった返していた。この日は、賭け金が十両以上という豪勢な〝開帳〟だったから、ちょっとした金回りのよい旦那衆が多かった。

回遊式の庭園に設営されている池には、無数の金魚が泳いでいた。その周辺には、水野家の中間《ちゅうげん》が数人、立っていて世話係をしている。いずれもが渋い面をした屈強な男たちである。磯の匂いがする海風を受けて立っている。

金魚会は、単純にサイコロ賭博のように、六尾を放って、泳がせるだけではない。

あくまでもこれは金魚の鑑賞である。そして、気に入った高価な金魚を買い求めるための、いわば試し飼いである。

　好きな金魚を選んで、泳がせてみて、気に入れば買う。欲しくなければ別の金魚を選んで、さらに泳がせてみる。泳がせるために、まずは一両出さなければならない。いわば〝出走料〟である。そして、勝ち残れば、他の人の〝出走料〟を貰えるという仕組みである。

　鉄次は、竹で作られた水路の曲がり角の所に陣取って、次々と行われる金魚の競争を眺めながら、池の中にも目をやっていた。どの金魚が強そうか、選んでいるのだ。

　この金魚会に揃えられた金魚は、その前日、三度行われた〝予選〟を勝ち抜いてきたものばかりだから、色や柄が美しく、動きも俊敏なのが多い。

　ちなみに鯉《こい》を選ぶときには、『色柄、形、艶《つや》』が決めてだという。模様の色が鮮やかで、均衡の取れた形があるのは当然で、手で触ってみて艶やかさを感じないとダメだという。まるで女を選ぶような選別眼である。

　しかし、金魚は鯉と違って、手を叩いて寄って来て、その体を人に触らせるわけではない。下手に人間の手に触れると病気になることもあるから、人もやたらと触れない。

予選で残った数十尾の金魚の中から、上位の六尾に入るためには、次の競争で上の二尾に入らねばならない。ここで負けたら、一両がパアになった上で、次は出られない。

鉄次は、池の隅っこばかりを、ぐるぐる回っている真っ赤にひとつだけ黒い星のある金魚に目をつけて、魅かれるように見つめていた。

少し離れた席から、桃路と玉八が様子を窺っている。近寄るとビシッと叩かれそうなほど、鉄次の全身は張り詰めている。

「小鉄……おめえ、賭事と人を騙す事は嫌いじゃなかったの？」

と声をかける玉八に桃路が振り向いた。

「鈍いわねえ、玉八。小鉄さんね、兄貴のために、有り金ぜんぶはたいて、助けようとしてるんじゃないのさ」

「でも、負けたら、どうするんだよ。それこそ、すべて台無しじゃないか」

「あの小鉄さんの顔つきだ……負けるわけがない」

「喧嘩じゃねえんだよ。第一、桃路姐さん。あんたも結構、賭け事は好きだから知ってるじゃねえか。いつも、人生に一度の勝負だ勝負だと言ってるが、勝ったためしがあるか？」

「ない」

言葉に詰まった桃路は、鉄次の横に座って、どう予想を立てているか見て取った。思わず、桃路は、身を乗り出して、

「だめだめ、小鉄ッちゃん。その赤いべべだけは、買っちゃだめ。まぐれで予選を抜け出たやつで、大穴も大穴。なんたって、黒星だよ。男の勝負だからね。堅い勝負にしておいた方がいい」

玉八はじっと聞いていた、桃路も通いつめていたのだと初めて知った。だから、池に放たれている金魚に詳しいし、時折、〃丸ッ子〃を持ち帰るのは、このためだったかと改めて納得した。

金魚会は六尾の金魚によって、速さを競うものである。一番から六番までの竹で作られた水路に入れて、およそ五間程の長さを泳がせるのである。最後の部分は、池に入るようになっていて、ドボンと落ちて最初に到着したものが〃一番〃ということだ。

竹は池の周囲を回るように、緩やかに湾曲しているので、当然、外側の方が長くなるので不利である。しかし、その分、到着点である池に先に入るように設えているので、不公平ではない。

しかし、内側を陣取った方が、外から回るよりも、湾曲部分が少なくなっているので、まっすぐ進もうとする金魚の習性からすれば、有利だと言われている。最も外から、内側の金魚を抜くには、出だしの勢いが肝心である。勢いを増したまま、大きく旋回するように、他の金魚を追い抜くしかないのだ。

いずれも金魚まかせという暢気《のんき》な遊技だが、元々、金魚は闘争心が強いと言われている。一目散に泳ぎはじめると、驚くばかりの速さで通り過ぎるから、どの金魚が一番だったかを、真剣なまなざしで見るために、中間が何人も険しい顔で立っているのである。

だが、結局は、サイコロと同じで、六尾の金魚による出目を決めるようなものだから、出目金が有り難がられるという、嘘のような話もある。犬や馬と違って、人の意思などお構いなしだから、途中で止まったり、戻って来る金魚もあるから、ご愛敬というところか。イカサマのしようがないので、賭けた者たちはかえって熱くなるのだった。

「チンチロリンと同じ。六つの数字から、どの数が出るか。それだけだよ。だけど、違うのは、金魚を自分で選べるということ。小鉄ッちゃん。赤に黒星だけはやめなさい」

という桃路の助言は聞かずに、小鉄は自分の直感を信じて、背中に一つの黒星の全身真っ赤な金魚を選んだ。それを一両で買って、一番外側の水路に入れた。

六尾が揃うと一斉に止め板が外されて、背後の竹が打たれる。すると驚いた金魚が泳ぎ出すのだが、その間に、賭け金を上げていくのだ。

今、鉄次は一両の持ち分があるが、この一勝負に残りの九両を賭けて十両にしたとすると、返金も十倍になる。この返金の〝倍数〟は、周りで見ている者たちの賭け金の多寡《たか》によって決まる。自分の金魚にはあまり賭けず、他の金魚に多く賭けてくれれば、払い戻し金の額が大きくなるのである。

つまり、小鉄は自分の金魚に賭け金が集まらないけれど、早く泳ぐであろうものを選んだつもりである。

「だからって小鉄、泳がぬ金魚を買っても、金を捨てるようなものだぜ。群れから外れて、のんびり泳いでるのなんか、だめだめ」

玉八も桃路と一緒になって、ああだ、こうだと言う。それが耳障りになった鉄次は、バシッと手を叩いて、

「十両！　それに三十倍がかかれば、一挙に三百両！　これでぜんぶ返せるじゃねえか。男は度胸、女は愛嬌だぞ、桃路！」

「そりゃ無茶苦茶だ。ああ、度胸と書いて、無謀と読むようなものだぜ、おい」

「面白いことを言うな、玉八。さすがは幇間だ。よっ、桃路姐さんも応援してくれよ」

鉄次は、今まで池での泳ぎを見ていた赤い金魚を一番と決め込んでいた。

——だから素人《しろうと》はだめ。この思い込みが一番まずい。このままでは大損する。

と桃路は思ったが、物事をこうと決めた以上、揺るがない鉄次である。桃路と玉八は、黙って見守るしかなかった。

「私も、ついでに賭けます」

鉄次についで、桃路が胴元役の中間から札を買おうとしたとき、遠くに綸太郎もいるのが見えた。

「なんだ、調子狂うなあ。こういう所に似つかわしくない若旦那までが来てる……」

ぶつぶつ言いながら、桃路は本命を頭に三点を買った。鉄次は隣の窓口で、

「壱番、十両」

と決断をした。倍率は丁度、三十倍。買い方としては、二点まで買えるから、ばらけておいた方が無難だが、鉄次はそうしなかった。

賭けが締め切られ、賭場でいえば中盆役の中間が、開始の声をかけて合図の太鼓を

威勢よく叩いた。

　大の大人が何人も、池の周りに作られた竹の水路を興奮した顔で見ている。

「行け、行け」「そっちだ、頑張れ」「もっと急げえ！」などと興奮したように怒鳴っている。同時に、鉄次がまるで喧嘩でも煽るような大声を張り上げた。

「黒星！　そこだ、そこだ！　真っ直ぐ泳いで、突っ切れえ！」

　途端、観客たちも気色《けしき》ばみ、勝鬨《かちどき》のような激しい声がどっと湧き起こる。

　金魚はそれぞれの竹の水路を、流れるように泳ぎ、緩やかに曲がりながら、あっという間に弧を描きながら進んだ。幾筋もの白い波が現れたような気がした。必死に尾を振る金魚の姿は踊っているように見えた。

「そこだ！　そのまま、行け行け！」

　桃路が叫ぶと同時、怒濤《どとう》のような声が屋敷中に湧き起こった。

　その次の瞬間、一瞬の隙に、一番外の水路から、ずいと黒い金魚が勢いに乗って、赤金魚にピタリと迫ってきた。

　おおおッ、と怒声に変わる。

　今度は、穴狙いの観客たちが猛烈な叫び声をあげた。池に至るまでの、わずかな湾曲の部分、わずか三尺くらいの所で、赤金魚がわずか半身ほど先行し、そのまま池に落ちたが、すぐさま黒金魚も落ちた。

鉄次の拳は汗だくになっていた。

「やった、やった、やったー！　この勝負、鉄次が貰った。これは貰ったぞ！」

「いや、勝負は下駄を履くまで……」

と玉八が慎重な声を洩らしたが、鉄次ははしゃぎながら、

「何言うか。これで決まりでえ。このまま逃げきりだあ！」

そう叫んだ直後、二尾の金魚はぶつかりあった。

どちらへ進むか分からなくなった赤金魚は迷走し、あらぬ方へ流れるように離れた。そして、ぷかぷかとゆっくりと池の石に張りつくように止まってしまった。

ああ……と溜息が洩れる間に、黒金魚を先頭に他の四尾も次々と竹の水路から池に落ちた。

絶望の淵に落ちた鉄次が、真っ青な顔で茫然自失《ぼうぜんじしつ》になっている横で、

「やった、やった！」

と桃路がはしゃいでいた。黒金魚を買っていたのである。

だが、腰が浮わついたように動きが定まらない鉄次は、がっくりとその場に崩れてしまった。その肩をそっと叩いて、玉八が慰めようとしたが、目は虚《うつ》ろで、自力で立

ち上がることもできないほどだった。

「しっかりしろ、鉄次。おまえらしくないぞ。大体が、賭け事で借金を返そうと思う魂胆《こんたん》がいけねえんじゃねえか」

「おまえも、たまにはまっとうなことを言うんだねえ、玉八」

と桃路はニッコリ笑った。そして、鉄次に向き直ると、

「さあ。もう一勝負……と行きたいところだが、運は一度しかつかないもの。ハイ」

そう言って、当たり札を渡した。

「あ、いや……情けは貰うわけにはいかねえよ」

「あんたのだよ」

「え……？」

「女将さん、千鶴さんから預かってたんだ」

「ええ!?」

「亭主はきっと外すから、私には絶対に当たるのを頼むってね」

「…………」

「もちろん、賭け金は女将さんが出した。だから、あんたらのもん」

黒金魚は〝配当〟十倍くらいだが、四十両賭けてたから、四百両。重吉の盗んだ金

を返した上に、二十両も儲けたと、桃路ははしゃぎ回っていた。

「そんな……」

鉄次は呆れた顔で桃路を見つめた。

「しかし、どうして黒金魚に……」

「そりゃあ、女将さんの勘が当たっただけの話」

「え？」

「あんたが賭事で勝てるとは毛ほども思ってなかったんだって」

「あいつなら当たるってのか？」

「千鶴さんは、物を見る目があるもん。何事にもはずれたためしがない」

「…………」

「あんたと結婚したのも当たりやったし」

桃路は心底、そう思っていた。玉八もそのとおりだと頷いて笑っているのを、綸太郎は遠目に見ていたが、その目がふいに池の対岸にある茶室作りの離れに移った。

水野十郎左衛門が精気のない目で、大勢の町人たちが、金魚会に興じる姿を見るともなしに眺めていた。

「最後の最後に、まさに……あんたの庭で楽しませて貰うた……」

綸太郎は口の中でぽつりと言った。

その夜——

筆頭老中の松平定信に呼び出された水野は、山下御門内にある屋敷に向かう途中、牛込の濠端で何者かに殺された。その夜のうちに通りがかった者によって見つかったのだが、背中に刺さっていたのは、〝天国閻魔〟だったという。

それから、おけら坂に人の波が溢れることはなく、なぜ閻魔の手にかかったかについても噂されることはなかった。

だが、綸太郎だけは知っていた。

賭け事でボロ儲けし、女郎たちを苦しめる元締は、水野であったことを。そして、そのことを知った澄閑を、閻魔の刀のせいにして殺そうとしたことも……。

「幾ら地元を潤すなどと綺麗事を言うても、所詮は人の生き血を吸うて生きてるやつやさかいな、閻魔様も許せへんかったのやろう」

翌日、鉄次は早速、上総屋と遊女屋に金を届け、残りの借金を綺麗にして、身請け証文を貰ってきた。それを、重吉に手渡そうと葛西の実家まで急いだが、既に旅立っていた。鉄次に礼も言わないどころか、実家の田畑を二束三文の金で売って、お須万とともに奥州に行ったという。しかも、母親の絹江を一人残して。

「ろくでもなしやなあ、ったく！」

と桃路と玉八は、歯ぎしりしたが、まあ、そう言うな、わしの兄貴だからな、と大笑いする鉄次だった。

そんなお人よしな鉄次が、大八車を引いて、神楽坂を走る姿を、綸太郎も時折、見かけていた。店先を通り抜けると、峰吉が思い出したように、

「若旦那。あの刀、どうします？」

と奥の物置を見やった。〝天国閻魔〟のことである。自分の手元にあれば、妖刀とはなるまいと思っていたが、事実、水野を殺してしまった。

「あそこに置いてるだけで、なんや気色悪いですわ」

「だが、溶かしたとしても、閻魔大王の力で、また元の刀になるとのことだ」

「そんなバカな……」

「その馬鹿なことが二度も起こった」

「へえ、そやけど……」

「あの刀は、悪い奴を始末するのやのうて、あの刀に始末された奴が悪かった……と分かるというこっちゃな」

「…………」

「せいぜい、殺されんように注意しとけよ、峰吉」

事もなげに言う綸太郎の顔は、晴れ渡る皐月の空のように妙に爽やかだった。

その刀は、綸太郎が江戸で探し求めているものではない。しかし、上条家が代々、預かっていたものであるからだ。

——またひとつ命が散った……。

綸太郎は、どのような極悪人であろうとも、閻魔の使者として人を殺めるのは間違いだと思っている。

だが、この刀が、幻であるかのように消えたときこそ、世の中から悪の芽が消えたときかもしれぬ。そう感じていた。

一〇〇字書評

切り取り線

購買動機（新聞、雑誌名を記入するか、あるいは○をつけてください）				
□（　　　　　　　　　　）の広告を見て				
□（　　　　　　　　　　）の書評を見て				
□ 知人のすすめで		□ タイトルに惹かれて		
□ カバーがよかったから		□ 内容が面白そうだから		
□ 好きな作家だから		□ 好きな分野の本だから		
●最近、最も感銘を受けた作品名をお書きください				
●あなたのお好きな作家名をお書きください				
●その他、ご要望がありましたらお書きください				
住所	〒			
氏名		職業		年齢
Eメール	※携帯には配信できません	新刊情報等のメール配信を 希望する・しない		

あなたにお願い

この本の感想を、編集部までお寄せいただけたらありがたく存じます。今後の企画の参考にさせていただきます。Eメールでも結構です。

いただいた「一〇〇字書評」は、新聞・雑誌等に紹介させていただくことがあります。その場合はお礼として特製図書カードを差し上げます。

前ページの原稿用紙に書評をお書きの上、切り取り、左記までお送り下さい。宛先の住所は不要です。

なお、ご記入いただいたお名前、ご住所等は、書評紹介の事前了解、謝礼のお届けのためだけに利用し、そのほかの目的のために利用することはありません。またそのデータを六カ月を超えて保管することもありませんので、ご安心ください。

〒一〇一―八七〇一
祥伝社文庫編集長　加藤　淳
☎〇三（三二六五）二〇八〇
bunko@shodensha.co.jp

祥伝社文庫

上質のエンターテインメントを！　珠玉のエスプリを！

祥伝社文庫は創刊15周年を迎える2000年を機に、ここに新たな宣言をいたします。いつの世にも変わらない価値観、つまり「豊かな心」「深い知恵」「大きな楽しみ」に満ちた作品を厳選し、次代を拓く書下ろし作品を大胆に起用し、読者の皆様の心に響く文庫を目指します。どうぞご意見、ご希望を編集部までお寄せくださるよう、お願いいたします。

2000年1月1日　　祥伝社文庫編集部

閻魔《えんま》の刀《かたな》　刀剣目利《とうけんめき》き　神楽坂咲花堂《かぐらざかさくはなどう》　時代小説

平成20年4月20日　初版第1刷発行

著　者　井《い》川《かわ》香《こう》四《し》郎《ろう》

発行者　深澤健一

発行所　祥《しょう》伝《でん》社《しゃ》
東京都千代田区神田神保町3-6-5
九段尚学ビル　〒101-8701
☎03（3265）2081（販売部）
☎03（3265）2080（編集部）
☎03（3265）3622（業務部）

印刷所　萩原印刷

製本所　関川製本

造本には十分注意しておりますが、万一、落丁、乱丁などの不良品がありましたら、「業務部」あてにお送り下さい。送料小社負担にてお取り替えいたします。

ISBN978-4-396-33423-9　C0193

祥伝社のホームページ・http://www.shodensha.co.jp/

祥伝社文庫

井川香四郎　**秘する花**　刀剣目利き　神楽坂咲花堂

神楽坂の三日月で女の死。刀剣鑑定師・上条《かみじょう》綸太郎《りんたろう》は女の死に疑念を抱く。綸太郎の鋭い目が真贋を見抜く！

井川香四郎　**御赦免花**《ごしゃめんばな》　刀剣目利き　神楽坂咲花堂

神楽坂咲花堂に盗賊が入った。同夜、豪商も襲い主人や手代ら八名を惨殺。同一犯なのか？綸太郎は違和感を…。

井川香四郎　**百鬼の涙**　刀剣目利き　神楽坂咲花堂

大店の子が神隠しに遭う事件が続出するなか、妖怪図を飾ると子供が帰ってくるという噂が。いったいなぜ？

井川香四郎　**未練坂**　刀剣目利き　神楽坂咲花堂

剣を極めた老武士の奇妙な行動。上条綸太郎は、その行動に十五年前の悲劇の真相が隠されているのを知る。

井川香四郎　**恋芽吹き**《めぶき》　刀剣目利き　神楽坂咲花堂

咲花堂に持ち込まれた童女の絵。元の持主を探す綸太郎を尾行する浪人の影。やがてその侍が殺されて……

井川香四郎　**あわせ鏡**　刀剣目利き　神楽坂咲花堂

出会い頭に女とぶつかり、瀬戸黒の名器を割ってしまった咲花堂の番頭峰吉。それから不思議な因縁が…。

祥伝社文庫

井川香四郎

千年の桜 刀剣目利き 神楽坂咲花堂

前世の契りによって、秘かに想いあう娘と青年。しかしそこには身分の壁が…。見守る綸太郎が考えた策とは!?

藤原緋沙子

雪舞い 橋廻り同心・平七郎控

一度はあきらめた恋の再燃。逢えぬ娘を近くで見守る父。――橋上に交差する人生模様。橋づくし物語第三弾。

藤原緋沙子

夕立《ゆだ》ち 橋廻り同心・平七郎控

雨の中、橋に佇む女の姿。橋を預かる、北町奉行所橋廻り同心・平七郎の人情裁き。好評シリーズ第四弾。

藤原緋沙子

冬萌え 橋廻り同心・平七郎控

泥棒捕縛に手柄の娘の秘密。高利貸しの優しい顔――橋の上での人生の悲喜こもごも。人気シリーズ第五弾。

藤原緋沙子

夢の浮き橋 橋廻り同心・平七郎控

永代橋の崩落で両親を失い、深い傷を負ったお幸を癒《いや》した与七《よしち》に盗賊の疑いが―橋廻り同心第六弾!

藤原緋沙子

蚊遣り火 橋廻り同心・平七郎控

杉の青葉などをいぶし蚊を追い払う蚊遣り火を庭で焚く女。じっと見つめる男。二人の悲恋が新たな疑惑を…。